LES

ÉCOLES DE CHARITÉ

A PARIS

SOUS L'ANCIEN RÉGIME

ET DANS LA PREMIÈRE PARTIE DU XIXe SIÈCLE

PAR

M. FOSSEYEUX

DOCTEUR ÈS LETTRES

SOUS-ARCHIVISTE DE L'ASSISTANCE PUBLIQUE

PARIS

1912

OUVRAGES DU MÊME AUTEUR :

Les archives de l'Assistance publique : une Addition au fonds de l'Hôtel-Dieu. [En collaboration avec A. Mesureur.] Paris, Berger-Levrault, 1905. 1 broch. in-8°, 55 p.

Les grandes Fondations : l'Hospice Debrousse (1892-1908). [En collaboration avec A. Mesureur.] Paris, Berger-Levrault, 1908. 1 vol. in-8°, 80 p., avec 15 grav. et plan.

Les grands Travaux hospitaliers (1903-1909) : l'Hôpital Saint-Antoine (1795-1909). [En collaboration avec A. Mesureur.] Paris, Berger-Levrault. 1 vol. in-8°, 56 p., avec 15 grav. et plan.

Inventaire des objets d'art appartenant à l'administration générale de l'Assistance publique. Paris, Berger-Levrault, 1910. 1 vol. in-8°, 191 p., avec 40 reproductions.

Les grands Travaux hospitaliers : l'Hôpital Claude-Bernard (1905-1910). Paris, Berger-Levrault, 1910. 1 vol. in-8°, 80 p., avec 11 grav. et plan.

Les grands Travaux hospitaliers : Hôpital maritime de Berck-sur-Mer (1861-1911). Paris, Berger-Levrault, 1911. 1 vol. in-8°, 82 p., avec 23 grav. et 5 plans.

SOUS PRESSE :

L'accroissement du fonds des archives de l'Assistance publique (1904-1912). Inventaire sommaire.

Les papiers du cardinal de Noailles aux archives de l'Assistance publique. Inventaire sommaire.

Nogent-le-Rotrou, imprimerie Daupeley-Gouverneur.

LES

ÉCOLES DE CHARITÉ

A PARIS

Extrait des *Mémoires de la Société de l'Histoire de Paris et de l'Ile-de-France*, t. XXXIX (1912).

LES

ÉCOLES DE CHARITÉ

A PARIS

SOUS L'ANCIEN RÉGIME
ET DANS LA PREMIÈRE PARTIE DU XIXe SIÈCLE

PAR

M. FOSSEYEUX

DOCTEUR ÈS LETTRES

SOUS-ARCHIVISTE DE L'ASSISTANCE PUBLIQUE

PARIS

1912

LES

ÉCOLES DE CHARITÉ

A PARIS

SOUS L'ANCIEN RÉGIME

ET DANS LA PREMIÈRE PARTIE DU XIXe SIÈCLE.

BIBLIOGRAPHIE

SOURCES MANUSCRITES.

ANCIEN RÉGIME.

Archives nationales.

Nous avons dépouillé aux Archives nationales les registres de délibération des fabriques des paroisses, les registres de fondations, les cartons concernant les congrégations enseignantes et les papiers du P. Léonard, qui contiennent des pièces curieuses sur l'histoire des paroisses parisiennes sous l'ancien régime et ceux de la « chantrerie » du Chapitre de Notre Dame.

Nous avons trouvé des documents sur notre sujet, en particulier dans les cartons ou registres suivants :

LL. 372. Registre contenant la réunion des factums de « messire » Claude Joly, chantre et chanoine de Notre-Dame de Paris, au sujet des procès contre les curés ou l'Université. Les pièces concernant ses différends avec les curés sont les suivantes : 1° Extraits des registres des conclusions capitulaires de l'Église de Paris par lesquelles il paroist que le droit des écoles de grammaire dans la ville et banlieuë de Paris appartient à messieurs du chapitre et au chantre de ladite église et que messieurs les curez de Paris ny autres n'ont aucun pouvoir d'enseigner ny de faire enseigner les enfans de l'un et l'autre sexe, pauvres ni riches, hors les collèges de l'Université, sans leur permission. Pour servir de factum général contre lesdits sieurs curez et autres tenans écoles dans la ville de Paris et banlieuë sans ladite permission (impr., in-4°, 44 p). — 2° Factum pour les curez de Paris contre messire Claude Joly, chantre et chanoine de Notre-Dame de Paris, touchant les écoles de charité, présenté à Mgr l'archevêque de Paris (impr., in-4°, 38 p.). — 3° Factum pour servir de réponse par-devant Mgr l'archevêque de Paris pour les doyen et chapitre et le chantre de Paris, collateur et directeur des petites escoles de la Ville, faubourg et banlieuë de Paris, tant pour eux que pour les maistres en charge de la communauté desdites écoles, intimez contre les sieurs curez de Saint-Louis-en-l'Isle, Saint-Nicolas-des-Champs, Saint-Étienne-du-Mont, Saint-Séverin et autres curez de Paris, joints, appellans (impr., in-4°, 40 p.). — 4° Éclaircissement à Mgr l'archevêque de Paris pour messieurs les doyen et chapitre et le sieur Joly, chantre et chanoine de Paris, sur un factum en apostilles intitulé : Réponse des curez de Paris au second factum... (impr., in-4°, 71 p.). — 5° Extraits des registres du Parlement du 25 mai 1691. — 6° Transaction entre les sieurs doyen, chanoines et chapitre de Notre-Dame et les sieurs curez de la ville et fausbourgs de Paris, 18-20 mai 1699 (Paris, Muguet, 1701, in-4°).

L. 716. Recueil sur les paroisses, formé par le P. Léonard, contenant divers règlements, imprimés ou manuscrits, de charités paroissiales et d'écoles de charité : Règlement de l'école de la paroisse Saint-Étienne-du-Mont, arrêté en l'assemblée tenue chez M. le Curé le 16 avril 1679 (ms.). — Règlemens pour les escholes de charité de la paroisse de Saint-Paul (Paris, Le Cointe, 1665, in-16, 36 p.). — État présent des bonnes œuvres et écoles charitables de la paroisse Saint-Sulpice, du 1er décembre 1697 (impr.). — Transaction de 1699 (impr.). Ce carton contient également des règlements des Compagnies de charité des paroisses Saint-Paul, Saint-Étienne-du-Mont, Saint-Eustache, Saint-Séverin, Saint-Sulpice, Saint-Germain-l'Auxerrois.

LL. 793-94. État en forme de journal des papiers concernant la cure et paroisse de Saint-Jacques et Saint-Philippe-du-Haut-Pas (t. I, 1562 à 1731, et t. II, 1732 à 1770), École de charité des filles (t. I, fol. 117) et des garçons (t. II, fol. 569).

LL. 821. Inventaire des titres et fondations de la paroisse Saint-Leu-Saint-Gilles (1735); fol. 242 v°, fondation d'une école de charité par Guillaume Santeuil et Jérôme d'Aubray (15 mai 1665); fol. 253 v°, fondation de Noël Le Blond, curé, pour mettre en métier des enfants des écoles de charité (29 novembre 1697).

L. 630. Donation pour une école de charité dans la paroisse Saint-André-des-Arcs (2 mars 1780).

L. 688. Paroisse Saint-Nicolas-des-Champs. Divers testaments en faveur des écoles de charité.

L. 709. Paroisse Saint-Séverin. Règlements des trois Compagnies de charité, dont l'une est chargée des écoles.

LL. 865. Registre concernant la réduction des fondations dans la paroisse Saint-Nicolas-des-Champs, 1750 (voir fol. 2 et 93).

G⁸* 2794. Registre du Bureau de l'agence générale du clergé, p. 299 : Avis sur la question de savoir si le droit de nommer les maîtresses des écoles de charité de la paroisse Saint-Nicolas-des-Champs appartient aux marguilliers ou au desservant en vertu de lettres du chantre (4 décembre 1765).

LL. 815, 16, 17. Registres de délibérations de la fabrique de la paroisse Saint-Laurent (t. I, 1642-1703 ; t. II, 1703-1732 ; t. III, 1732-1777). Renseignement sur les fondations de Caboud, prêtre habitué, puis vicaire de la paroisse (1709), sur le legs de Mme Reverend pour l'école de charité des filles (1712), sur les nominations des maîtres d'école faites, de concert avec l'administration de l'Hôtel-Dieu, en vertu de la fondation de François Choart (20 janvier 1691).

L. 679. Paroisse de la Madeleine de la Ville-l'Évêque. Pièces concernant les rentes laissées par le duc de Béthune-Charost pour les écoles de garçons (23 septembre 1757) et l'école de charité tenue par les Filles de Sainte-Marie-Madeleine.

L. 648. Paroisse Saint-Germain-l'Auxerrois. Constitution de rentes pour les écoles, par les curés Mercier (13 août 1700) et La Brue (4 mai 1715).

S. 3333. Paroisse Saint-Eustache. Pièces concernant la Confrérie de Notre-Dame-du-Bon-Secours. Autorisation d'acheter une maison, rue Montmartre, pour agrandir celle des sœurs de charité (10 février 1767).

L. 698. Paroisse Saint-Paul. Fondation en faveur des écoles. Lettres patentes pour l'établissement d'une communauté séculière au faubourg Saint-Antoine pour instruire les jeunes filles, sous la conduite d'Aymée de Buha (septembre 1682); pièces sur les Filles de Sainte-Marthe et Mme Théodon.

S. 3438. Paroisse Sainte-Marguerite, testament de J.-B. Goy, curé, en faveur des écoles de charité.

L. 683. Paroisse Sainte-Marguerite. Constitutions de rentes en faveur des écoles de charité (legs Briot, 2 juillet 1719, etc.).

L. 665. Paroisse Saint-Jean-en-Grève. Instruction pour les enfants des écoles de charité qui concourent aux apprentissages de métier fondés en 1779.

S. 3359-60. Paroisse Saint-Gervais. Pièces concernant l'acquisition de la maison habitée par les sœurs de charité, rue des Barres, au coin de la rue Grenier-sur-l'Eau (13 février 1714).

LL. 920. Paroisse Saint-Sauveur. État des fondations dressé en 1730. Fondation d'un maître d'école en 1682 (fol. 82).

S. 3324. Paroisse Saint-Étienne-du-Mont. Donations en faveur des écoles de charité.

S. 7048-50. Cartons renfermant des pièces sur les écoles de la paroisse Saint-Étienne-du-Mont tenues par les Filles de Sainte-Geneviève ou Filles noires (baux de la maison de l'ancien cloître, 31 juillet 1692, 22 juillet 1743; dons de rentes; lettres d'établissement délivrées par le R.-P. Beurrier, abbé de Sainte-Geneviève, et ci-devant curé, 17 juin 1669: contrat de communauté, 11 septembre 1669; contrat de fondation, 27 mars 1670, et lettres patentes d'avril 1677, registrées au Parlement le 23 mai 1678).

S. 7046-47. Cartons renfermant des pièces sur les écoles de la paroisse Saint-Sulpice; les Frères de Saint-Yon, rue Notre-Dame-des-Champs, les Filles de l'Instruction chrétienne, rue du Pot-de-Fer (donations de maisons, de rentes, etc.).

L. 775 et L. 1061. Cartons concernant l'établissement des Filles de Saint-Joseph au faubourg Saint-Germain, leurs propriétés et les orphelines.

K. 970. Contient, entre autres pièces sur diverses communautés, le règlement de la maison d'instruction des Pauvres filles, rue du Gindre, et les orphelines de la rue de Grenelle (paroisse Saint-Sulpice).

S. 7045. État des charges et revenus des écoles charitables des Filles du Saint-Enfant-Jésus, rue Saint-Maur (paroisse Saint-Sulpice).

S. 7051. Pièces sur la maison royale de l'Enfant-Jésus, rue de Sèvres, fondée en 1718, confirmée par lettres patentes de décembre 1751 (paroisse Saint-Sulpice).

M. 57. Pièces sur les sœurs des écoles charitables dites de l'Enfant-Jésus, rue Saint-Maur, accord avec Messieurs du séminaire de Saint-Nicolas-du-Chardonnet. Écoles du faubourg Saint Laurent et du faubourg Saint-Antoine.

M. 60. Pièces sur l'établissement des Filles de la Providence, rue de l'Arbalète, qui tenaient un « séminaire » d'orphelines. Rentes et fondations (1655-1762).

S. 6157-60. Cartons concernant les Filles de charité ou Sœurs grises. Titres de propriété. Donations. États de leurs écoles. Déclaration de leurs biens, du 11 février 1790. Traité avec les établissements desservis par elles, etc.

LL. 801-2. Paroisse Saint-Jean-en-Grève. Délibérations. Celles des 6 septembre, 16 décembre 1688, 30 décembre 1698, 8 juin 1717, 12 décembre 1718, concernent des nominations de maîtres d'écoles.

LL. 917. Paroisse Saint-Roch. Délibérations, fol. 626-630, 804-816, documents concernant la fondation du frère Ange de Joyeuse; la plupart ont été reproduits in-extenso dans le *Bulletin d'histoire et d'archéologie du diocèse de Paris*, t. II, 1884, p. 270 : Documents pour servir à l'histoire de Saint-Roch.

L. 963. Mémoire historique et détaillé des établissements des Frères des écoles chrétiennes dans le ressort du Parlement de Paris.

L. 1056. Vie d'Anne de Croze, [fondatrice des écoles de charité de la paroisse Saint-Louis-en-l'Ile,] 1751, ms., 144 p.

X[1a] 8712. Fol. 310, règlement de l'école des filles de la paroisse Saint-Louis-en-l'Ile et de la chambre de travail.

X[1a] 8765. Fol. 12, autorisation d'exécution du legs d'une maison en faveur de l'école de charité des filles de la paroisse Saint-Nicolas-du-Chardonnet par Mme Chaumont de la Galaizière (avril 1758).

G[8] 728. État des écoles et autres œuvres de charité de la paroisse Saint-Sulpice, 1er décembre 1697. (Prospectus imprimé de 4 p.)

Les registres d'audience de la chantrerie, de 1771 à 1790, conservés aux Arch. nat., Z[2] 3146-49, que nous avons dépouillés, concernent uniquement les petites écoles payantes (serments de maîtres d'écoles, remises de frais, amendes, déclarations de vacances, etc.) qui sont en dehors de notre sujet, limité aux écoles gratuites.

Bibliothèque nationale.

Ms. fr. 15508, fol. 209 : Factum pour les curés de Paris contre messire Claude Joly, chantre et chanoine de Notre-Dame de Paris, touchant les écoles de charité; présenté à Mgr l'archevêque de Paris (le même dans Recueil Thoisy 42, fol. 250, et imprimé, in-fol., Fm. 12689, 1681). — Fol. 229 : Réponse des curés de Paris au second factum de messire Claude Joly ... touchant les écoles de charité; présentée à Mgr l'archevêque de Paris. Arrêts de la Cour du Parlement pour les écoles en faveur des curés, 28 mai 1647-25 septembre 1681 (le même dans Recueil Thoisy 42, fol. 290, et imprimé, in-fol., Fm. 12691). — Fol. 173 : Éclaircissement à Mgr l'archevêque de Paris pour messieurs les doyen et chapitre et le sieur Joly ... sur un factum en apostilles intitulé : « Réponse des curés de Paris au second factum de messire Claude Joly ... touchant les écoles de charité (le même dans Recueil Thoisy 42, fol. 310, et imprimé, in-4°, Fm. 23811).

Ms. Clair. 566, fol. 110 : Réponse des curés de Paris au troisième factum de messire Cl. Joly intitulé « Éclaircissement... », présentée à Mgr l'archevêque de Paris (le même dans Recueil Thoisy 42, fol. 346, et imprimée, in-fol., Fm. 12690); fol. 131, même document qu'au manuscrit franç. 15508, fol. 209).

Voir aussi : Extrait de la sentence arbitrale du 20 septembre 1684 entre le chantre et les curés (in-4°, Fm. 34788). — Traité historique des écoles (Paris, Thiboust, 1689) (Thoisy 320, fol. 164). — Factum pour les curés de Paris contre Claude Joly touchant les écoles de charité (in-fol., Fm. 12689).

Ms. fr. 8130. Recueil de pièces sur la mendicité, fait par ordre de Turgot. A noter un Mémoire en faveur des orphelins élevés dans les hôpitaux de Paris.

Ms. fr. 2356, fol. 28 : Mémoire adressé au roi par l'abbé Chenevières sur la nécessité d'établir dans chaque diocèse un séminaire de maîtres et maîtresses d'écoles.

Ms. fr. 11759. Conduite des écoles chrétiennes divisée en trois parties (XVIIIe siècle).

Collect. Joly de Fleury, nos 1586, 1587 et 1588. Pièces concernant les fondations charitables dans les paroisses. A signaler particulièrement : pour Saint-Germain-l'Auxerrois (1586), l'arrêt du Parlement du 10 février 1758 homologuant le legs universel du curé Raunay et servant de règlement pour l'administration des biens et revenus des pauvres; pour Saint-Jean-en-Grève (1587, fol. 27), le règlement manuscrit de la Compagnie de charité sous l'invocation de saint François de Sales et le mémoire imprimé touchant l'établissement des écoles de charité; pour Saint-Laurent (1587, fol. 63), le règlement manuscrit de l'assemblée de charité pour le soulagement des pauvres honteux, malades, et pour l'entretien et la direction des écoles de charité; pour Saint-Roch, un historique des écoles de charité dans le mémoire imprimé des marguilliers contre le curé Marduel, 1786 (1588, fol. 143 à 191); pour Saint-Séverin, les arrêts du Parlement homologuant le règlement des deux Compagnies de charité. On trouve aussi au n° 1237, fol. 215, une correspondance concernant la demande faite par les sœurs des écoles charitables de la rue Saint-Maur pour être érigées en communauté; au n° 1282, fol. 12, une consultation sur les établissements dans les paroisses pour les écoles de charité, 1751, imp.; au n° 1639, fol. 446, le mémoire imprimé concernant les écoles de la paroisse Saint-Jean-en-Grève et, au n° 1641, diverses pièces concernant la situation faite aux écoles de charité par l'édit d'août 1749; enfin aux n°s 447, dossier 5386, le mémoire imprimé sur les écoles de Saint-Jean-en-Grève, et 356, dossier 3900, quelques pièces sur les écoles charitables de l'Enfant-Jésus.

Archives paroissiales.

Archives de Saint-Merry. — Comptes de M. Rouland, puis de M. Defays, trésoriers des Pauvres de la charité de Saint-Merry de 1772 à 1793 (reg. in-fol.). Acquits de divers maîtres d'école et pièces justificatives de dépenses. Divers mémoires imprimés sur des affaires contentieuses concernant les fondations charitables et les écoles de charité. Lettre du lieutenant général de police Lenoir réclamant de la part du Contrôle général la liste des fondations charitables de la paroisse (7 décembre 1774) et lettre de rappel (25 mars 1775).

Archives de Saint-Sulpice. — Archives de la fabrique, 2e section, paragraphe 8, instruction religieuse (d'après le classement de ces archives fait par Nau, avocat, membre de la fabrique, en 1836). Textes imprimés des transactions intervenues au XVIIe siècle entre les curés de Paris et le chantre de Notre-Dame. Réponse du curé Depierre à une enquête sur les établissements d'instruction formés depuis 1802, faite en 1811 par le ministre des cultes Bigot de Préameneu. — On trouve également des renseignements épars dans le Mémorial de l'église de Saint-Sulpice (1610-1793), 4 vol. ms., in-fol., contenant, outre un historique de la paroisse, les titres de propriété de rentes; les Comptes de recettes et dépenses des marguilliers comptables, Bro, Charas, Bourgnarel, Olivier, de 1780 à 1789 (10 vol. rel.). Le Mémorial général des fondations (Paris, Thiboust, 1764, 3 vol. rel.). Il existe également un dossier sur l'Enfant-Jésus (lettres patentes de 1751) et un dossier sur les Jeunes-Orphelines (lettres patentes de 1678 et de novembre 1778). Enfin la paroisse conserve les délibérations du Conseil de fabrique depuis 1804 et les comptes depuis 1803.

Archives de Saint-Eustache. — Registres des délibérations de la fabrique sous la période révolutionnaire (t. I, 1795 à 1798; t. II, 1798 à 1803; t. III, 1803 à 1810) contenant des indications diverses sur les locaux occupés par les écoles, notamment t. II, fol. 80, 1er octobre 1803, et t. III, fol. 18, 16 mars 1804.

Les recherches que nous avons faites dans les autres paroisses de l'ancien Paris, à Saint-Séverin, Saint-Nicolas-des-Champs, Saint-Étienne-du-Mont, Saint-Jacques-du-Haut-Pas, Saint-Gervais, Saint-Paul, Saint-Louis-en-l'Ile, Saint-Roch, Saint-Germain-l'Auxerrois, sont demeurées infructueuses.

Bibliothèque Mazarine.

Ms. 2452. *Vie de A. Bourdoise*, 1694, par Descoureaux, in-4°.

Bibliothèque historique de la Ville de Paris.

Ms. 1986. Livre des règlements de la communauté de Sainte-Agnès, in-12.

Ms. 26818. Compte de l'administrateur de la Compagnie de charité de Saint-Eustache, J.-B. Trudon de Roissy.

Ms. 186, nouv. acq., fol. 403 à 413. Constitutions de la congrégation de Sainte-Geneviève (1734).

Bibliothèque Sainte-Geneviève.

Ms. 1941. Mémoire des curés de Paris contre le Chapitre et mémoire du Chapitre au Parlement (1678).

Bibliothèque du Sénat.

Ms. 948. Fondations charitables de la paroisse Saint-Sulpice.

Bibliothèque de l'Arsenal.

Ms. 2565. Règlements imprimés des assemblées de charité des paroisses de Paris. On y trouve ceux des paroisses Saint-Eustache (1654), Saint-Germain-l'Auxerrois (1658), Saint-Séverin (1673), Saint-Paul (1672). Procès-verbaux manuscrits des assemblées tenues en 1656 dans la chambre de Le Conte, administrateur de l'Hôtel-Dieu, par les délégués des paroisses de la Compagnie du Saint-Sacrement contenant diverses délibérations sur les écoles paroissiales.

Ms. 2568. Abrégé du règlement de la communauté des Filles de Sainte-Geneviève contenant le détail des exercices, emplois, offices et observances marquées dans leurs constitutions (la 2e partie de ces constitutions à partir du fol. 167 est relative aux écoles).

Archives de la Bastille, 10183 et 10184. Rapports sur les communautés de Sainte-Marthe, de Sainte-Agathe, de l'Instruction chrétienne.

Archives de l'Assistance publique.

Liasses 417 et 418. Donation Ét. Gaillard (27 juin 1711) pour l'entretien d'un maître et d'une maîtresse d'école au faubourg Saint-Antoine.

Liasse 1184. Fondation Ch.-Fr. Talon, curé de Saint-Gervais, pour une école de charité (28 juin 1648).

PÉRIODE MODERNE.

Archives nationales.

AD VIII 29. Écoles de charité : Plan simple, facile et uniforme d'une éducation républicaine et populaire par Delaruelle, député du Loiret, imprimé par ordre de la Convention nationale. Programme des jeux gymniques, maison d'Orsay, rue de Varennes, no 667. Pétition présentée par la citoyenne Montgéry le 27 janvier 1793.

F13 840. Travaux à l'école de charité de Saint-Thomas-d'Aquin (an IV).

F15 105. Règlement de la Société de Charité du Xe arrondissement pour les écoles de charité (10 vendémiaire an XIV) et acte de constitution de cette Société (21 messidor an XIII).

F15 140. Correspondance concernant des travaux faits en 1808 dans la maison des sœurs de charité de la rue du Vieux-Colombier.

F15 1318. Plan en faveur des orphelins élevés dans les hôpitaux de Paris. Réflexions sur les inconvénients qui se rencontrent dans la constitution de l'administration actuelle des hôpitaux d'orphelins (1776-1785).

F15 1883. Règlement pour les écoles et ateliers de bienfaisance à

Chaillot (Imp.). — Dossier concernant la répartition du secours annuel de 12,000 fr. prélevé sur les octrois de bienfaisance par le ministère de l'Intérieur en faveur de l'institut des Sœurs de charité et supprimé en 1809.

F17 190. Registre des maîtres et supérieurs des Écoles chrétiennes au 5 avril 1819 (liste pour Paris au fol. 221).

F17 1761. Lettre du bureau de bienfaisance de la division des Champs-Élysées au grand maître de l'Université (6 septembre 1810). Lettre de Fabrègue, curé de Saint-Merry, demandant l'autorisation de remplacer les laïcs par les Frères des Écoles chrétiennes aux divisions des Arcis et de la Réunion (23 décembre 1810). Lettre du bureau de bienfaisance de l'Arsenal concernant la vaccine des enfants (21 septembre 1810). Remplacement des laïcs par les Frères au bureau de bienfaisance de la division de l'Homme-Armé (arrêté du 29 novembre 1810).

F17 1766. Autorisation accordée à l'Association de charité de la paroisse Saint-Roch d'ouvrir deux écoles gratuites (1813).

F17 1770. Pièces concernant la concession au collège de Lisieux pour l'établissement de l' « École élémentaire » créée par décret du 30 avril 1815.

F17 1776. Pièces concernant un projet d'échange entre l'école du bureau de bienfaisance du IVe arrondissement, rue Saint-Germain-l'Auxerrois, et un immeuble domanial, rue Jean-Lantier; le transfert de l'école de charité de la rue du Petit-Musc à la rue des Barres; un projet d'école rue Popincourt (1819).

F17 1779. Pièces concernant l'école pratique d'enseignement mutuel de la rue des Vinaigriers, en particulier le rapport de l'inspecteur d'Académie Rousselle et les lettres de protestation de Paradis, curé de Notre-Dame de Bonne-Nouvelle (25 septembre 1829), et de Martinet, curé de Saint-Laurent (16 septembre 1829), contre cet établissement.

F17 1783. Demande de secours au ministère en faveur de l'école de la rue des Billettes, dirigée par le pasteur Stolz (confession d'Augsbourg). Lettre du bureau de bienfaisance du Ve arrondissement à Guizot pour l'inviter à présider la distribution des prix des écoles de charité (26 août 1833) et refus de ce dernier. Délibération du Comité d'instruction primaire du IXe arrondissement, du 26 novembre 1832, concernant le rattachement des écoles de charité à la municipalité. Avis du Comité cantonal du VIIIe arrondissement (23 janvier et 28 février 1833) concernant l'ouverture d'une nouvelle école tenue par les Frères, rue Saint-Bernard.

F17 1785. Lettre du ministre à M. Cochin demandant des renseignements sur les écoles dépendant du Conseil général des hospices (21 octobre 1833). Plainte des chefs d'externats contre la gratuité des écoles (23 août 1833).

F17 78108. Pièces sur les écoles tenues par les Frères. Lettre du supérieur de l'école de la paroisse Saint-Germain-l'Auxerrois demandant une subvention au ministère (6 avril 1825) et réponse de Mgr de Frayssinous. Demande d'établissement d'un petit noviciat à Paris (21 mai 1825). Rapports des inspecteurs d'Académie Daburon et Raynal (1818). Tableau des écoles en 1818. Dossier sur les Écoles chrétiennes du faubourg Saint-Antoine (Frères Tabourin).

F17 78110. Liste des Frères des Écoles chrétiennes au 15 mars 1819. Liste des Frères de la Société des écoles chrétiennes du faubourg Saint-Antoine au 16 novembre 1821. Relation d'une bataille entre écoliers des Frères de l'école de la rue de Bièvre et des Sept-Voies et ceux de l'École d'enseignement mutuel de la rue Jean-de-Beauvais (20 novembre 1819).

F17 78111. Pièces concernant les dispenses de service militaire demandées par les Frères en vertu de l'article 15 de la loi du 10 mars 1818 (1818-1823).

F17 63003. Pièces concernant les écoles secondaires de la Seine, parmi lesquelles se trouve un dossier sur Sainte-Barbe, où Victor de Lanneau a fondé une école gratuite. Rapports à Fourcroy sur cette école (24 frimaire an XII et 12 novembre 1806).

Nous avons dépouillé dans la série F17 tout ce qui concerne l'enseignement primaire à Paris, ou tout au moins tout ce que nous avons pu en découvrir, le classement détaillé de cette série n'étant pas fait. Il faut ajouter qu'elle comporte de graves lacunes, notamment les registres-journaux de comptabilité de 1809 à 1825 et les livres de caisse de 1808 à 1833, détruits par mesure administrative en 1859 (cf. Aulard, *Napoléon Ier et le monopole universitaire*. Paris, 1911, in-12, Avant-propos, p. VIII).

F17 1317B. Ce dossier, concernant l'enquête faite par le Comité d'instruction publique de l'Assemblée législative en 1791, ne contient rien sur l'instruction primaire à Paris, mais seulement un état des revenus des fondations pour les collèges et séminaires.

On trouve également des indications précieuses dans les rapports de la Commission administrative de la police de Paris, créée le 14 fructidor an II et qui fonctionna jusqu'au 15 frimaire an IV, conservés aux Archives nationales. Un grand nombre de ces rapports ont été publiés soit par M. Aulard dans son ouvrage sur *Paris sous la réaction thermidorienne et sous le Directoire*, 5 vol. in-8°, soit par M. Tuetey, *l'Assistance publique à Paris pendant la Révolution*, 4 vol. in-4°.

Archives des bureaux de bienfaisance dans les mairies.

La plupart des bureaux de bienfaisance des anciens arrondissements ont conservé la collection de leurs délibérations pour la période qui nous occupe :

Ier	arrondissement	(ancien IVe). Procès-verbaux à partir de 1801.
IIe	—	Procès-verbaux des séances à partir du 12 septembre an II (1793).
IIIe	—	(ancien VIe). Procès-verbaux des séances à partir d'octobre 1816, sauf les années 1825 à 1828.
IVe	—	(ancien IXe, VIIe). N'a rien conservé.
Ve	—	(ancien XIIe). Collection complète versée aux archives de l'Assistance publique.
VIe	—	(ancien XIe). Registre du comité de bienfaisance du Théâtre français de février 1807 à mars 1811.
VIIe	—	(ancien Xe). Procès-verbaux à partir de 1816.
VIIIe	—	(ancien Ier). Procès-verbaux depuis 1813.
IXe	—	(ancien Ier, IIe, IIIe). Rien.
Xe	—	(ancien IIIe et Ve). Procès-verbaux depuis 1816.
XIe	—	(ancien VIIIe). Registres versés aux archives de l'Assistance publique.
XIIe	—	(ancien VIIIe). Rien.

Archives de l'Assistance publique.

Collection des arrêtés du Conseil général des hospices (1802-1849), 207 vol. in-fol. Très importante.

Rapports annuels, manuscrits ou imprimés des bureaux de bienfaisance des douze anciens arrondissements de Paris (1802-1819).

Collection imprimée des Comptes moraux de l'Administration des hospices depuis 1802.

Atlas de plans des écoles de charité et maisons de secours (vers 1830).

Archives de la Seine.

Voir *Catalogue des fonds de mairies des douze anciens arrondissements*, par A. Thorlet (Paris, P. Dupont, 1896, in-4°), et M. Barroux, *Catalogue des archives de la période révolutionnaire* (1789-an VIII) (Paris, in-4°).

On trouve en particulier aux archives de la Seine les circulaires du préfet de la Seine, entre 1819 et 1835, concernant la situation et l'organisation de l'enseignement mutuel. Une grande partie des pièces a malheureusement disparu dans l'incendie de mai 1871. Parmi les documents conservés, les plus importants pour nous sont :

Les registres généraux de correspondance des mairies, à partir de l'an IV, dans le fonds des mairies;

Les procès-verbaux de la Commission de surveillance et d'amélioration des écoles du Xe arrondissement (VIIe actuel) du 28 septembre 1830 au 10 juillet 1833;

Les procès-verbaux du Comité cantonal des écoles primaires du IIIe arrondissement (Ier actuel) du 6 septembre 1815 au 23 janvier 1824.

Bibliothèque historique de la Ville de Paris.

Ms. 190, nouv. acq., fol. 50. Lettre du curé de Saint-Merry sur l'établissement des Frères dans sa paroisse (18 novembre 1810).

Ms. 192, nouv. acq., fol. 411. Lettre du préfet Frochot au maire du VIIe arrondissement sur la séparation des sexes dans les écoles.

Ms. 12913. Gentilhomme. Atlas de plans des écoles de charité, par arrondissements, 1836.

Bibliothèque de la mairie du XVIe arrondissement à Paris (collection Parent de Rosan).

Mss. 27, 30, 33. Écoles d'Auteuil et de Passy, notes, répartition des frais, etc. (XVIIIe siècle).

Archives de la Préfecture de police.

Procès-verbaux des commissaires de police des sections de Paris :

Section des Gravilliers. — Procès-verbal dressé au sujet de l'effervescence populaire causée par la conduite des Sœurs de charité, chargées des petites écoles, rue Jean-Robert, qui refusaient de céder la place aux sœurs envoyées par le curé de Saint-Nicolas-des-Champs pour leur succéder (7 avril 1791).

Section du Roule. — Procès-verbal dressé au sujet du tumulte populaire contre les Sœurs des écoles de la rue de la Ville-l'Évêque qui refusent de prêter serment (15 mai, 24 août 1792).

Section de la Fidélité. — Procès-verbal d'ouverture des chambres occupées par les écoles de l'ancienne paroisse de Saint-Jean-en-Grève, dressé à la requête de Poyet, architecte de la Ville (11 août 1791).

Section de la Butte-des-Moulins. — Lettre du commissaire de police au commandant du bataillon de Saint-Roch lui exprimant ses craintes de trouble à propos du faux manifeste de l'empereur et de l'ouverture des écoles de garçons, celle des filles restant fermées (9 mai 1791).

SOURCES IMPRIMÉES.

Ancien régime.

Ouvrages d'ensemble.

Cl. Joly, *Traité historique des écoles épiscopales et ecclésiastiques*. Paris, 1678, in-16. On trouve l'indication des ouvrages relatifs au conflit qui a donné naissance à ce livre dans la *Bibliothèque historique de la France*, de Lelong, édit. de Fevret de Fontette, t. IV, p. 5 et 6, et le détail des factums produits pendant le procès du chantre avec les curés, dans l'*Histoire du diocèse de Paris*, de Lebeuf, édit. Cocheris, t. I, p. 43-44.

Mémoires du Clergé, édit. de 1778, 12 vol. in-4°, t. I, p. 969-1086 (ch. II du titre V), donnent en particulier le texte des arrêts concernant la juridiction du chantre, les communautés enseignantes et les droits des curés.

[D. Jousse], *Traité du gouvernement spirituel et temporel des paroisses*. Paris, 1773, in-12.

L'Escole paroissiale ou la manière de bien instruire les enfans dans les petites escoles, par un prestre d'une paroisse de Paris. Paris, 1654, in-12.

Essai d'une École chrétienne ou manière d'instruire chrétiennement les enfants dans les écoles. Paris, 1724, in-18.

Le Parfaict ecclésiastique ou diverses instructions sur toutes les fonctions cléricales par Cl. de La Croix, prestre du séminaire de Saint-Nicolas-du-Chardonnet. Lyon, 1676, in-4°. L'auteur parle à diverses reprises des écoles de paroisse.

Tableau de Paris. 1765, in-8°. L'auteur donne une liste par paroisses des écoles de charité et des écoles d'enfants de chœur.

P. POMPÉE, *Rapport historique sur les écoles primaires de la ville de Paris depuis leur origine jusqu'à la loi du 28 juin 1833.* Paris, 1839, in-8°. La première partie concernant l'ancien régime jusqu'en 1684 a seule paru. Le chapitre VII, traitant des écoles de charité, n'est qu'un résumé du traité de Claude Joly.

Abbé E. ALLAIN, *l'Instruction primaire en France avant la Révolution.* Paris, 1881, in-12. L'auteur parle peu de Paris, mais consacre au début un assez bon chapitre (p. 1 à 20) aux sources de l'histoire de l'enseignement primaire.

A. FRANKLIN, *la Vie privée sous l'ancien régime : Écoles et collèges.* Paris, 1891, in-12. L'auteur se contente de reproduire au chapitre IV la liste des écoles de charité qui figure dans le *Tableau de Paris.*

J.-M. RICHARD, *l'Enseignement primaire à Paris dans la deuxième moitié du XVIIe siècle*, dans *l'Union* des 21, 22, 26 avril 1873. Articles référencés.

L.-M. TISSERAND, *les Petites écoles de Paris avant 1789*, dans la *Revue des sciences et des lettres*, 1888, p. 145-156, 288-301. Référencé.

NICOLET, *l'École primaire protestante en France jusqu'en 1789.* Auxerre, 1891, in-8° (thèse de théologie protestante).

L. CAHEN, *les Idées charitables à Paris aux XVIIe et XVIIIe siècles*, d'après les règlements des Compagnies paroissiales de charité, dans la *Revue d'histoire moderne*, t. II, 1900-1901. Référencé.

E. BRUNET, *les Compagnies paroissiales de charité à Paris sous l'ancien régime.* Paris, 1906, in-8° (thèse de théologie protestante). Bibliographie et chapitre sur les écoles de charité.

G. COMPAYRÉ, *Histoire critique des doctrines de l'éducation.* 2 vol. in-8°. Voir, en particulier, t. I, liv. II et liv. IV.

A. LECHEVALLIER, *le Maître d'école sous l'ancien régime* et *l'École primaire sous l'ancien régime*, dans la *Revue pédagogique*, 1906-1907. S'occupe surtout de la province.

La plupart des monographies de paroisses que nous avons consultées ne nous ont été d'aucune utilité pour notre sujet. Nous avons cependant trouvé quelques mentions sur les écoles dans :

C. Hamel, *Histoire de la paroisse Saint-Sulpice*. Paris, 2e édit., 1910, in-8°.

A. Marcel et J. Garin, *Saint-Ambroise de Popincourt*. Paris, 1909, in-12.

J. Gaston, *la Paroisse Saint-Hippolyte*. Paris, 1908, in-8°.

Abbé P. Schœnher, *Histoire de la paroisse et du séminaire de Saint-Nicolas-du-Chardonnet*. Paris, 1909-1911, 2 vol. in-8°.

L.-M. Casabianca. *Histoire de la paroisse Notre-Dame-de-Bonne-Nouvelle*. Paris, 1908, in-8°.

C. Baloche, *Histoire de Saint-Merry*. Paris, 1912, 2 vol. in-8°.

Règlements d'écoles.

On trouve à la Bibliothèque nationale :

Règlement et méthode pour les écoles. Paris, Fr. Muguet, 1709, in-16, 96 p., et table. Concerne à la fois les petites écoles et les écoles de charité, mais plus particulièrement ces dernières. [Bibl. nat., R. 48496.]

Reglemens de la Compagnie de charité de Messieurs de Saint-Paul, établie en 1655. Paris, 1665, in-16. [Bibl. nat., R. 48529.]

Règlemens de l'Association de charité de Messieurs, établie dans la paroisse Saint-Gervais pour le soulagement des pauvres honteux et pour l'entretien et la direction des écoles de garçons. Paris, 1705, in-16. [Bibl. nat., R. 48528.]

Règlemens de Saint-Louis-en-l'Ile. Paris, Coustelier, 1685, in-16. [Bibl. nat., R. 48531.]

Règlemens pour la Compagnie de charité de Saint-Roch. Paris, Delespine, 1717, in-12. [Bibl. nat., R. 48553.]

Règlemens de la Compagnie de charité de Saint-Germain-l'Auxerrois. 1737, in-12. [Bibl. nat., R. 48540.]

Règlemens pour ceux qui visiteront les petites écholles où l'on envoie les pauvres enfans de la paroisse Saint-Sulpice aux frais de la charité, in-16. — *Règlemens de l'école charitable, entretenue pour l'instruction des pauvres filles de la paroisse Saint-Étienne-du-Mont*. Paris, 1675. — *Reglemens de l'école établie par M. le curé et la Compagnie de Messieurs de charité de la paroisse Saint-Estienne-du-Mont pour l'instruction populaire des pauvres garçons de la paroisse*. 1679. [Bibl. nat., R. 27199-208.]

On trouve aussi à la Mazarine :

Règlement de la Compagnie de charité de Saint-Étienne-du-Mont (1635). [Maz. 42647, 11e pièce.]

Règlement pour la communauté des filles établies pour l'instruction des pauvres filles de la paroisse Saint-Roch, approuvé par l'archevêque de Paris et registré en Parlement le 28 février 1687. Paris, Ch. Ballard, 1688. [Maz. 3309.]

Factum pour et contre les curés de Paris concernant les écoles de charité. 1681, in-fol. [Maz. 286 C².]

Règlement des Assemblées de charité de paroisses (1704?). [Maz. A 10694, 94e pièce.]

Règlement de la Compagnie de charité des dames de la paroisse Saint-Louis-en-l'Ile. 1713. [Maz. 47035, 3e pièce.]

Règlement de la Compagnie de charité de la paroisse Saint-Eustache. 1723, in-16. [Maz. 43762 et 43832.]

Établissement pour les Savoyards. 1735. [Maz. 42886, 5e et 6e pièces.]

Six pièces concernant les droits des curés de Paris sur les écoles de charité (XVIIe siècle). [Maz. A. 15940, 1re à 6e pièce.]

Factum pour les Sœurs de la Croix contre diverses maîtresses de la paroisse Saint-Gervais, qui veulent s'intituler de même. 1660. [Maz. A. 15878, 2e pièce.]

Et à la bibliothèque de l'Assistance publique :

Règlement des écoles de charité de Saint-Eustache. 1723, in-16.

Règlement des écoles de charité de Saint-Germain-l'Auxerrois. 1737, in-12. [A. P., F² 4.]

Période moderne.

Ouvrages d'ensemble.

D'une manière générale, nous renvoyons à la bibliographie, établie année par année, qui se trouve à l'article *Bibliographie* du *Dictionnaire de pédagogie* de Buisson (Paris, 1882, in-4°). Nous complétons seulement pour les ouvrages principaux parus depuis 1882, cet article ayant été supprimé dans la nouvelle édition de ce dictionnaire, parue en 1911, et en rappelant les œuvres capitales pour notre sujet.

P. Monrœ, *A Cyclopedia of education*. New-York, in-4°, t. I et II, seuls parus.

E. Allain, *l'Œuvre scolaire de la Révolution* (1789-1802). Paris, 1891, in-8°, VII-436 p. Donne un chapitre sur les écoles primaires de l'an II à l'an IX (p. 70 à 109), avec des références utiles sur l'enquête de 1791-1792 et sur celle de l'an IX.

E. Allain, *la Question de l'enseignement en 1789, d'après les cahiers*. Paris, 1886, in-12, VII-360 p. Ouvrage référencé, mais sources incomplètes. Peu de chose sur Paris.

E. Allain, *l'Enquête scolaire de 1791-1792;* extrait de la *Revue des Questions historiques*. Paris, 1891, in-8°, 63 p. Résumé précis et documenté des cartons des Archives nationales F17 1311 à F17 1317B, sur l'enquête prescrite par le Comité d'instruction publique de l'Assemblée législative. Rien sur le département de la Seine concernant l'intruction primaire; donne seulement le revenu des fondations des collèges, des séminaires et de l'Université.

L. Bourrilly, *les Cahiers de l'instruction publique aux États généraux de 1789*. Paris, 1894, in-12. Texte et documents sans références.

O. Gréard, *Éducation et instruction. Enseignement primaire.* Paris, 1887, in-12. Donne un chapitre très résumé sur l'enseignement mutuel et l'éducation de la première enfance (p. 35).

F. Guizot, *Mémoires pour servir à l'histoire de mon temps*. Paris, 3 vol., 1860, in-8°. T. III, chap. XVI, consacré à l'instruction primaire, et, à la fin, Pièces historiques, notamment, rapport au roi sur la publication d'un manuel général de l'instruction primaire, 19 octobre 1832; circulaire du 18 juillet 1833 aux instituteurs en leur envoyant la loi du 28 juin 1833, et circulaire du 13 août 1835 aux inspecteurs des écoles primaires.

L. Grimaud, *Histoire de la liberté d'enseignement en France depuis la chute de l'Ancien Régime jusqu'à nos jours*. Paris, 1898, in-8°. Thèse de droit; étudie surtout les textes de lois et les débats législatifs.

A. Duruy, *l'Instruction publique et la Révolution*. Paris, 1882, in-8°. Consacre un chapitre aux écoles primaires (p. 144). Étude faite surtout d'après les procès-verbaux des Conseils généraux de l'an IX.

V. Pierre, *l'École sous la Révolution française*. Paris, 1881, in-12. Sans valeur.

Les Archives parlementaires, en particulier le t. V.

O. Gréard, *la Législation de l'instruction primaire en France depuis 1789 jusqu'à nos jours*. 2e édit., 1889, 4 vol. in-8o. Publication de textes sans commentaire. Incomplet.

Recueil de lois et règlemens concernant l'instruction publique depuis l'édit de Henri IV en 1598 jusqu'à ce jour. Paris, 1814-28, 9 vol. in-8o.

J. Guillaume, *Procès-verbaux du Comité d'instruction publique de l'Assemblée législative*. Paris, 1889, in-8o; *de la Convention*. Paris, 1891-1907, 6 vol. in-8o. Publication de textes, avec des notes.

Ch. Jourdain, *le Budget de l'instruction publique*. Paris, 1857, in-8o (voir chap. ix, p. 175-193).

C. Hippeau, *l'Instruction publique en France pendant la Révolution*. t. I : Discours et rapports; t. II : Débats. Paris, 1881-1883, 2 vol. in-12.

P. Lorain, *Tableau de l'instruction primaire en France*. Paris, 1837, in-8o. Résumé des rapports adressés au ministère de l'Instruction publique par les 490 inspecteurs chargés de visiter toutes les écoles de France pour l'application de la loi de 1833.

F. Rocquain, *l'État de la France au 18 brumaire*. Étude faite d'après les rapports des conseillers d'État. Paris, 1874, in-12.

A. Sicard, *l'Éducation morale et civique avant et pendant la Révolution* (1700-1808). Paris, 1884, in-8o. Apologie des idées catholiques.

Sigismond Lacroix, *Actes de la Commune de Paris*. Paris, 1re série, 1894-1899, 7 vol. in-8o; 2e série, 1902-1909, 6 vol. in-8o. [Collection de documents relatifs à l'histoire de Paris sous la Révolution.]

Ch.-L. Chassin, *les Élections et les cahiers de Paris en 1789*. 4 vol. in-8o. [Collection de documents relatifs à l'histoire de Paris sous la Révolution.]

Baron de Watteville, *Législation charitable*. Paris, 2 vol. in-8o. Donne les textes de lois et décrets concernant l'organisation des bureaux de charité.

L. de Lanzac de Laborie, *Paris sous Napoléon*. Paris, 5 vol. in-8o, 1907-1911. T. III, Assistance et bienfaisance. Consacre quelques pages à l'œuvre du Conseil général des hospices.

E. Gossot, *Essai critique sur l'enseignement primaire en France de 1800 à 1900*. Paris, 1901, in-8o. Étudie les courants d'idées plutôt que les faits. Rien sur les écoles de charité.

Ch. Drouard, *Histoire de l'enseignement primaire et populaire à*

Paris et dans le département de la Seine. Paris, 1911, in-12. Suite de notes sommaires sans liens ni références.

V. Boisdé, *l'Enseignement primaire sous la Révolution*. Paris, 1900, in-8º (thèse de droit). Bibliographie. Étude faite surtout d'après les procès-verbaux des Comités d'instruction publique publiés par J. Guillaume.

A. Aulard, *la Révolution française et les congrégations*. Paris, 1903, in-12.

A. Aulard, *Napoléon Ier et le monopole universitaire*. Paris, 1911, in-12 (voir notamment les ch. I, II, VI).

A. Aulard, *Paris sous la réaction thermidorienne et sous le Directoire*. Paris, 1898-1902, 5 vol. in-8º, *passim*. Publication des rapports administratifs et des rapports de police conservés aux Archives nationales (cartons AF IV, 1329, F7 3701 et suiv., 3829, etc.).

A. Aulard, *Paris sous le Consulat*. Paris, 1903-1909, 4 vol. in-8º, *passim*.

Frères des Écoles chrétiennes et enseignement mutuel.

Nous nous abstiendrons ici de citer les nombreuses vies de J.-B. de la Salle, qui se copient les unes sur les autres et ont toutes pour point de départ celle du chanoine Blain. Rouen, 1733, 2 vol. in-4º.

Annales des Frères des Écoles chrétiennes. Paris, 1883, 2 vol. in-8º.

Collection de lettres émanées des différentes maisons des Frères des Écoles chrétiennes en France. In-4º. [Bibl. nat., Ld28 1.]

Question importante : les Frères des Écoles chrétiennes peuvent-ils adopter la méthode d'enseigner connue sous le nom de Lancaster ou méthode d'enseignement mutuel? Et s'ils pouvaient l'adopter serait-il avantageux qu'ils le fissent? par M. Dubois, théologal de l'église d'Orléans. Orléans, juillet 1817, in-8º. Pièce. [Bibl. nat., Ld28 5.]

L'Institut des Frères des Écoles chrétiennes et les nouvelles écoles à la Lancaster, cités au tribunal de l'opinion publique, ou lettre d'un catholique, père de famille, membre d'un comité cantonal pour la surveillance et l'amélioration des écoles primaires, à M. le comte Chabrol de Volvic, préfet de la Seine. Paris, août 1817, in-8º. Pièce. [Bibl. nat., Ld28 6.]

Cardinal de La Luzerne, *Sur les Écoles chrétiennes*. Paris, 1818, in-8º. Pièce. [Bibl. nat., Ld28 7.]

Cardinal DE LA LUZERNE, *Second écrit sur les Écoles chrétiennes.* Paris, 1818, in-8°. Pièce. [Bibl. nat., Ld²⁸ 8.]

Abbé DUBOIS, *Réponse des défenseurs des Écoles chrétiennes à l'article du Moniteur du 13 janvier 1818.* Orléans, avril 1818, in-8°. Pièce. [Bibl. nat., Ld²⁸ 9.]

Réflexions d'un catholique sur les nouvelles prétentions de la commission de l'instruction publique à l'égard des Frères des Écoles chrétiennes dites de Saint-Yon. Paris, 1818. Pièce. [Bibl. nat., Ld²⁸ 10.]

Réflexions d'un honnête homme et d'un bon citoyen sur les Réflexions d'un catholique, etc..., au sujet de l'enseignement mutuel et de la réponse de M. le comte Alexandre de Laborde à l'écrit de Mgr le cardinal de La Luzerne. Paris, 1818, in-8°. Pièce. [Bibl. nat., Ld²⁸ 11.]

A. RENDU, *De l'Association en général et spécialement de l'Association charitable des Frères des Écoles chrétiennes.* Paris, in-8°, 1er édit. en 1819, 2e édit. en 1845. En faveur des Frères. [Bibl. nat., Ld²⁸ 15.]

Basile, ou une éducation primaire au XIXe siècle. Paris et dans les départements, chez les principaux marchands de nouveautés, 1832, in-8°. Pièce. [Bibl. nat., Ld²⁸ 20.]

Alexis CHEVALIER, *les Frères des Écoles chrétiennes et l'enseignement primaire après la Révolution (1797-1830).* Paris, 1887, in-8° (voir surtout le livre III : « l'Institut des Frères transféré à Paris », p. 303 et suiv.). Apologie des Frères. Cite diverses pièces extraites des archives de leur Institut.

M. MORER, *Méthode d'enseignement mutuel.* Perpignan, 1901, in-8°. Sommaire.

E. DESCHAMPS, *l'Enseignement mutuel. Étude pédagogique et historique sur l'instruction primaire.* Toulouse, 1883, in-8°. Sans intérêt.

Recueil factice 8187 de la bibliothèque du Musée pédagogique, comprenant : 1° J.-B. MAILHOS, *Vues sur l'organisation de l'instruction publique.* Paris, an X, in-8°, 207 p. — 2° Eusèbe GORGERET, *Cours complet d'enseignement mutuel.* Paris, 1820, in-8°. — 3° P.-R.-F. BUTET, *Cours théorique d'instruction élémentaire applicable à toute méthode d'enseignement individuel ou collectif.* Paris, 1818, in-8°.

F.-E. JOMARD, *Rapports et mélanges sur l'instruction primaire.* Recueil factice in-12 conservé à la bibliothèque de Versailles (A. C. 5, in-8°, Fonds B), comprenant : Remarques sur les écoles de Bell et Lancaster, extraites d'un journal de voyage en Angleterre en mars et avril 1815; 2° Rapport sur les travaux du Comité formé au ministère de l'Intérieur pour l'amélioration de l'instruction primaire, 1er août 1815; 3° Instruction pour l'établissement des écoles de village, avec plan; 4° Article du *Moniteur*, 25 janvier 1816; 5° à 10° Rapports sur la situation des écoles d'enseignement mutuel pour 1816, 1817 et 1819; 10° Lettre au *Journal d'éducation*, 23 mars 1825; 11° Du nombre des délits criminels comparé à l'état de l'instruction primaire, 1827; 12° Projet de loi pour l'instruction primaire, 1830; 13° Comparaison de plusieurs années d'observations faites sur la population française, 1832; 14° Rapport sur la situation et le progrès de l'enseignement primaire, 1832. A la fin se trouvent les biographies de Costaz, G.-L.-B. Wilhem, de Gérando.

A. Jullien, *Essai général d'éducation physique, morale et intellectuelle*. Paris, 1808, in-4°, avec 22 tableaux analytiques d'un plan d'éducation pratique.

Frères des Écoles chrétiennes du faubourg Saint-Antoine.

Extrait des statuts et règlements de la Société des Écoles chrétiennes du faubourg Saint-Antoine fondée en 1713. Paris, impr. J.-M. Eberhart, 1821, in-8°. Pièce. [Bibl. nat., Ld29 1.]

Extrait de la règle des écoles tenues par les Écoles chrétiennes de Saint-Antoine. Paris, impr. de Eberhart, 1821, in-8°. Pièce. [Bibl. nat., Ld29 2.]

Règlements d'écoles.

Pastoret, *Recueil concernant les hôpitaux, mendicité, prisons, etc.*, 12 vol. in-8°, faisant partie des 308 vol. de « Mélanges de législation et de politique » conservés à la *Bibliothèque de l'École des sciences politiques*, t. VII, n° 19. — *Règlement pour l'École de bienfaisance de la rue des Poulies*, n° 210, qui est sous l'inspection des bureaux de bienfaisance des divisions du Muséum, des Gardes françaises et des Tuileries.

Ce règlement existe également à la bibliothèque de l'Assistance publique, F2 5.

Règlement de la Société pour l'instruction élémentaire, précédé d'une notice historique et sommaire sur l'origine et la formation de cette société. Paris, août 1816, in-8°. [Bibl. nat., R. 22271 *bis*.]

Périodiques.

Journal d'éducation (1816-1828), continué par le *Bulletin de la Société pour l'instruction élémentaire* (1829-1841) et remplacé à cette date par le *Journal d'éducation populaire* (1842 et suiv.). Source de tout premier ordre, nombreux renseignements et tableaux statistiques sur les écoles de Paris, sur les travaux des commissions d'arrondissement; le t. I contient en particulier des tableaux statistiques sur la population des écoles de Paris en 1829 (p. 215 et suiv.); un tableau des écoles élémentaires gratuites; un plan de la « maison complète » de M. Cochin, au faubourg Saint-Marcel [5][1].

Journal de la Société de la morale chrétienne (1832-1843). Impr. chez P.-A. Henry, 8, rue Gît-le-Cœur. Comprend des « lettres » sur l'instruction publique, mais s'occupe surtout des orphelins, des prisons, du rachat des esclaves, des caisses d'épargne, en dehors des procès-verbaux des séances. [603.]

Annales de l'éducation, rédigées par F. Guizot (1811-1813), 6 vol. Impr. Le Normand, 8, rue de Seine. [13254.]

Contient surtout des articles dogmatiques. Guizot y insérait tous les mois un article, par exemple : *De l'éducation en général et des difficultés qu'elle rencontre aujourd'hui*, t. I, p. 3. — *Des modifications que doit apporter dans l'éducation la variété des caractères*, t. I, p. 65. — *De l'inégalité des facultés, de ses inconvénients et des moyens de les prévenir*, t. I, p. 129. — *Coup d'œil sur l'état de l'éducation en Allemagne pendant les dix premières années du XIXe siècle*, t. III, p. 38, etc.; sa femme, Pauline de Meulan, y insérait son *Journal adressé par une femme à son mari sur l'éducation de ses deux filles*, publié en 1826 sous le titre de *Lettres de famille sur l'éducation domestique*, 2 vol. in-8°.

Bulletin universitaire (1829-1836). Contient les ordonnances, règlements et arrêtés concernant l'instruction publique (voir en particulier au n° 57, p. 224, l'exposé des motifs du projet de loi sur l'instruction primaire présenté à la Chambre le 2 janvier 1833. [40.]

Manuel général de l'instruction primaire (1832-1840), 1re série.

Le Lycée, journal général de l'instruction (1827-1829). [550.]

Le Courrier des adolescens (1798-1800) et *le Courrier des enfans* (1796-1799). [757-758.]

L'Ami de l'enfance, journal des salles d'asile, puis organe de la méthode française d'éducation maternelle (1835-1840). [754.]

Les Annales de la charité, fondées en 1844 par M. de Melun et devenues en 1860 la *Revue d'économie chrétienne*, bien qu'appartenant à une période postérieure à celle qui nous occupe, contiennent

1. Les cotes données entre crochets sont celles de la bibliothèque du Musée pédagogique.

encore des articles intéressants sur l'instruction primaire, qui reste confondue avec les œuvres d'assistance proprement dite.

L'Ami de la religion et du roi, journal ecclésiastique, politique et littéraire, rédigé par les auteurs des *Annales ecclésiastiques*. Paris, A. Le Clère, impr. de Notre Saint-Père le pape et de l'archevêché de Paris, 35, quai des Augustins. [Revue paraissant sous le format in-8° depuis le 20 avril 1814, avec table par volumes, donne les nouvelles religieuses du diocèse, parle à différentes reprises des écoles de charité et des Frères des Écoles chrétiennes.] Voir en particulier les nos des 31 janvier, 4 mars 1816, 11 juillet 1818, 27 avril 1822.

Le Moniteur, passim, notamment articles des 25 janvier 1816, 13 janvier 1818.

LES ÉCOLES DE CHARITÉ

CHAPITRE PREMIER.

Les Écoles de charité sous l'ancien régime.

Les fondations des écoles de charité. — Origine du mouvement ; les influences dominantes : Vincent de Paul, la Compagnie du Saint-Sacrement, les Compagnies paroissiales de charité, le jansénisme ; difficultés et procès ; la transaction de 1699 ; les legs ; les locaux.

Les maîtres et maîtresses. — Sœurs de l'Enfant-Jésus, Filles de la Charité, Sœurs de Sainte-Marthe ; Frères de Saint-Yon ou des Écoles chrétiennes, Frères du faubourg Saint-Antoine ou Frères Tabourin ; écoles gratuites des couvents, des hôpitaux, des orphelinats.

Discipline et enseignement. — Traitements des maîtres et règlements des écoles. Emploi du temps ; livres ; punitions ; récompenses. Résultats.

Alors que l'ancienne Université de Paris, ses nations et ses collèges ont fait l'objet de copieux travaux et de savantes monographies, l'histoire de l'enseignement primaire est encore peu connue. Les historiens, soit des doctrines morales, soit des méthodes pédagogiques, s'en sont tenus jusqu'ici à des généralités vagues. Ceux mêmes qui se sont particulièrement préoccupés de l'instruction populaire n'ont pas donné à l'organisation parisienne l'importance et les développements qu'elle mérite. Aussi bien, c'est là un sujet d'une telle ampleur, que nous nous garderons bien de l'aborder dans son ensemble. Nous voudrions seulement étudier l'enseignement élémentaire dans la classe indigente, où il a été longtemps l'une des branches de l'assistance. Laissant de côté les petites écoles, les écoles d'écrivains, les petites classes des collèges, qui forment autant de chapitres de l'histoire de l'enseignement primaire à Paris, nous nous en tiendrons aux écoles de charité, dont le nom même est significatif.

Œuvre d'assistance autant qu'œuvre scolaire, cette école du pauvre nous révèle tout un côté peu connu de la vie parisienne.

Nous descendons avec elle dans les bas-fonds de la société, où la misère s'allie peu aux soucis de l'éducation. Nous assistons aux efforts, privés ou collectifs, pour donner au peuple l'instruction première, depuis la première moitié du XVIIe siècle, qui vit l'éclosion de ces écoles dans la capitale, jusqu'au milieu du XIXe siècle, où l'État, prenant enfin conscience de ses devoirs et de ses droits, sépara l'assistance de l'instruction et créa un enseignement national. Il faut aller jusqu'à la loi de 1833 pour conduire jusqu'à leur suppression ces écoles de charité, filles de l'ancien régime, qui, par delà la Révolution, retrouvèrent un nouveau lustre sous le gouvernement impérial et sous celui de la Restauration. Par l'ordre naturel des faits, notre étude se trouve ainsi scindée en deux parties bien distinctes : les écoles de charité sous l'ancien régime, les écoles de charité au XIXe siècle.

D'une manière générale, les écoles de charité, à Paris, ont fonctionné aux XVIIe et XVIIIe siècles, pendant cent cinquante ans, de 1640 environ à 1789, — nous préciserons par la suite quelques dates, — dans toutes les paroisses. Destinées aux enfants des indigents, elles eurent surtout de l'importance dans les grandes paroisses, Saint-Sulpice, Saint-Eustache, Saint-Paul, Saint-Laurent, qui comprenaient alors dans leurs limites les faubourgs populeux de Paris, Vaugirard et le Gros-Caillou pour Saint-Sulpice, Montmartre et les Porcherons pour Saint-Eustache, le faubourg Saint-Antoine pour Saint-Paul et sa succursale Sainte-Marguerite. Si, dépassant les barrières de l'ancien Paris, auquel se limite notre étude, nous poursuivions nos recherches dans les villages qui formaient alors la banlieue, Auteuil, Passy, Belleville, Chaillot, Charonne, etc., nous rencontrerions des créations analogues[1]. Avant de voir fonctionner ces écoles, il importe d'en rechercher l'origine et de déterminer les conditions dans lesquelles elles ont été fondées.

1. Lebeuf, *Histoire du diocèse de Paris*, édit. de 1883, 5 vol. in-8°, t. I, p. 387, 479, cite les fondations de Nicolas Fillon pour Auteuil (1658) et d'Anne de Croze pour Charonne (1678). On peut y ajouter celle de Marie Lescot, à Belleville (1708) [Arch. nat., S. 3612], celle de Delaistre, maître de la Chambre aux deniers pour le diocèse de Paris, Saint-Cloud, Créteil, etc. (1714) [Arch. nat., L. 515].

Les fondations des écoles. — Origine du mouvement. Difficultés et procès. — Locaux.

Que les enfants des pauvres aient reçu l'instruction avant la création des écoles de charité, cela n'est pas douteux, ni mis en discussion. On les recevait à titre gratuit dans les petites écoles payantes. Cette admission était recommandée par les statuts synodaux de tous les diocèses. Mais ce qui nous occupe, c'est un fait nouveau, c'est la création d'écoles spéciales gratuites pour les enfants de la classe indigente. Elle s'est faite grâce à des fondations pieuses, sous l'influence d'un mouvement social dont il nous appartient de rechercher l'origine. Il s'agit d'une œuvre de charité privée, que l'on peut rattacher à diverses influences dominantes. Nous en distinguerons trois principales : celle de Vincent de Paul et du groupe de dames de charité qui l'entourent; celle de la Compagnie du Saint-Sacrement, à laquelle on peut associer Olier et Bourdoise, fondateurs des séminaires; celle enfin des Jansénistes.

Paris, qui d'habitude donne l'exemple aux provinces, paraît avoir été précédé dans ces créations, car dès 1527 on signale, à Lille, des écoles gratuites sous la direction des échevins[1]; en 1555, à Rouen, des écoles charitables pour garçons et filles[2]; à Toulouse, des écoles pour les filles pauvres, ouvertes par les sœurs de Notre-Dame, établies en 1607 par Mme de Lestonnac[3], et, sans doute, pourrait-on relever maints autres exemples. Mais, à Paris, le mouvement prit, dès le début, une extension remarquable, grâce à la fondation des Charités paroissiales, qui mirent dans leur programme l'œuvre des écoles au même titre que le bouillon des malades, la layette des enfants et la visite des hôpitaux.

L'histoire de ces Charités[4] est suffisamment connue aujour-

---

1. Houdoy, *l'Instruction primaire et obligatoire depuis le XVIe siècle.* Lille, 1873, in-4°, p. 1, 6, 10, 11, 12.

2. Ch. de Beaurepaire, *Recherches sur l'instruction publique dans le diocèse de Rouen avant 1789.* Évreux, 1872, 3 vol. in-8°, t. II, p. 289, 290.

3. *La Vie de la vénérable Mère Jeanne de Lestonnac, fondatrice de l'ordre des religieuses de Notre-Dame de Toulouse.* Chez P. Robert, 1742, in-18. Voir aussi *Lettres inédites de Mme de Mondonville*, fondatrice de l'Institut de l'Enfance (1655-1697). Paris, 1911.

4. Em. Brunet, *la Charité paroissiale à Paris au XVIIe siècle.* Caen,

d'hui pour nous dispenser d'en étudier les origines et le fonctionnement. Nous n'envisagerons leur action que sur les écoles. Il n'est pas douteux qu'elles aient reçu leur impulsion, comme beaucoup d'autres œuvres, du grand mouvement de charité suscité dans la capitale par Vincent de Paul et ses disciples. Il a tracé lui-même des règlements modèles qui furent copiés ou imités dans la plupart des paroisses.

Mais Vincent de Paul, si nous en croyons son biographe Abelly[1], n'était pas homme à manquer de « discrétion et de prudence » dans ses projets. Lorsque Mlle Le Gras, la fondatrice des Filles de la Charité, voulut ouvrir une classe gratuite pour les filles pauvres du quartier Saint-Lazare, où elle venait d'établir sa communauté[2], elle se garda bien de le faire sans le consentement du grand chantre, Le Masle des Roches, qui accorda son autorisation le 29 mai 1641. Il s'agissait plutôt d'un catéchisme et de pieux exercices que d'une véritable école. Cependant, dès cette époque, Vincent de Paul fixait à ses « filles » leur mission: « Vous devez vous instruire, disait-il dans une conférence du 16 avril 1641, pour devenir capables d'enseigner les jeunes petites filles; c'est à quoi vous devez vous rendre bien soigneuses, puisque c'est un des deux desseins que vous devez avoir en vous donnant à Dieu. »

Dans d'autres paroisses, de pieuses personnes léguaient, vers la même époque, des sommes plus ou moins importantes, soit aux Charités déjà existantes, soit à des confréries chargées des œuvres d'assistance pour l'instruction des enfants pauvres. A Saint-Eustache, Claire Rouillé, femme de Jean Tronson, seigneur du Coudray, conseiller du roi et correcteur des comptes, léguait en 1631 à la confrérie du Bon-Secours 200 livres de rente pour assister les malades nécessiteux et faire instruire quelques pauvres petites filles; en 1642, Louise Bellanger,

---

1906, in-8°. — Léon Cahen, *les Idées charitables à Paris aux XVIIe et XVIIIe siècles, d'après les règlements des Compagnies paroissiales*, dans la *Revue d'histoire moderne*, t. II, 1900-1901. — Pelleport-Burète, *Essai sur l'organisation charitable des paroisses de Paris aux XVIIe et XVIIIe siècles*, dans la *Réforme sociale*, 1895.

1. *Vie du vénérable serviteur de Dieu Vincent de Paul.* Paris, 1664, in-4°.

2. Rue Saint-Denis, dans la maison achetée par Vincent de Paul à Jean Desmarets et Claude Sadot, en face Saint-Lazare, d'abord louée à Mlle Le Gras, qui l'acheta pour 17,050 livres le 1er avril 1653 et qui resta la maison-mère jusqu'à la Révolution (Arch. nat., S. 6160).

veuve de François Parvison, faisait une donation dans le même but. Pour ces créations et celles qui suivirent, les curés négligèrent de demander l'autorisation du chantre, ce qui allait bientôt créer de graves conflits.

A côté de l'impulsion donnée par Vincent de Paul, s'exerce l'influence cachée, mais réelle, de la Compagnie du Saint-Sacrement. Au milieu de ses multiples préoccupations, visite des hôpitaux, des prisons, conversion des hérétiques, répression des scandales et des blasphèmes, elle n'oublie pas l'école comme moyen d'édification et de conversion. Car c'est à ce double but que concourent toutes les œuvres pieuses de l'époque. A vrai dire, la moralisation du peuple ne se distingue pas de la propagande religieuse. Nous savons aujourd'hui par la publication des *Annales de la Compagnie du Saint-Sacrement*[1], œuvre du comte René de Voyer d'Argenson, et par les historiens qui ont découvert les menées secrètes de la Compagnie[2], que les Charités des paroisses furent au début, pour la plupart, des filiales de l'œuvre : « Le bien que les compagnies charitables des paroisses faisoient dans leur étendue et le soulagement qu'elles donnoient à celle du Sacrement, nous dit d'Argenson, lui fit souhaiter d'en procurer dans les paroisses qui n'en avoient point », et en effet l'un des membres les plus influents, Duplessis-Montbard, fut chargé de cette mission. Après la suppression de la Compagnie, en 1661, ces organisations restèrent dans la main des curés comme d'excellents cadres pour leurs œuvres paroissiales.

Par les *Annales*, nous savons par exemple que la fondation de Mme Tronson du Coudray, dans la paroisse Saint-Eustache, prospéra, grâce aux secours de la Compagnie, sollicitée par un de ses plus fervents adeptes, le Père Philippe d'Angoumois, capucin[3]. Nous avons encore le témoignage des procès-verbaux manuscrits des assemblées tenues à l'Hôtel-Dieu, dans la

1. Par dom Beauchet-Filleau. Marseille, 1900, in-8°.

2. R. Allier, *la Cabale des dévots*. Paris, 1902, in-12; et A. Rébelliau, articles de la *Revue des Deux-Mondes*, septembre, octobre, novembre 1903.

3. Beauchet-Filleau, *Annales*, 1636, p. 69. — D'Argenson parle simplement d'une « personne de vertu » qui avait laissé 200 livres de rente en se faisant religieuse pour entretenir vingt-deux filles jusqu'à l'âge de douze ans, à lire, à écrire et à prier Dieu. Or, nous savons que Mme Tronson se fit religieuse professe au couvent de la Visitation Sainte-Marie du faubourg Saint-Jacques.

chambre de l'administrateur Le Conte, ou chez le curé de Saint-Sulpice[1], en 1656, par les Compagnies de paroisses, ramifications de la grande Compagnie.

« M. de la Place a proposé, lit-on à la séance du lundi 14 février 1656[2], qu'en ladicte paroisse Saint-Paul on avait estably une eschole pour les pauvres garçons et une autre pour les pauvres filles, chacune de cent enfans, qui faisoient beaucoup de fruit, que, depuis le mois de décembre dernier, les syndics des petites escholes auroient fait assigner le prêtre qui enseigne les garçons et la maîtresse des filles par-devant M. le chantre de Paris; sentence par défaut, portant deffences de continuer, à peine de 10 l. d'amende contre chaque exécution; sur la remontrance de M. le curé, *assisté de deux de la Compagnie*, M. le chantre a promis de faire cesser la poursuite, a offert de donner lettres, lesquelles n'ont pas été acceptées : M. le curé s'est pourveu au Parlement. » Mêmes troubles à Saint-Nicolas-des-Champs, où le curé s'est pourvu au Parlement. La Compagnie soutient bien les curés contre le chantre; pourtant elle n'ose pas, par prudence, car son action doit rester secrète, s'engager devant le Parlement : « Toutefois, [les membres] ont décidé de ne pas intervenir en la cause contre les syndics et le chantre, *attendu que les Compagnies ne font point de corps*[3]. »

A la séance du 5 juin 1656, il est rendu compte des troubles soulevés par la procession faite à Saint-Nicolas-du-Chardonnet par les élèves des écoles du faubourg Saint-Antoine, au nombre de 300 garçons et de 60 filles, que six maîtres des petites écoles « voulurent insulter près du pont de l'Isle [Saint-Louis], disant qu'on leur empêchait de gagner leur vie », mais les écoliers ne répondirent pas à ces attaques.

On se sert, pour modèle, des œuvres organisées à Saint-Sulpice par Olier, l'un des membres les plus écoutés, avec Vincent de Paul, de la Compagnie du Saint-Sacrement[4]. N'avait-il pas créé en 1649[5], avec A. Bourdoise, une association de prières

---

1. Bibl. de l'Arsenal, ms. 2565.
2. Bibl. de l'Arsenal, ms. 2565, fol. 8.
3. Bibl. de l'Arsenal, ms. 2565, fol. 25.
4. Voir Letourneau, *la Mission de J.-J. Olier et la fondation des grands séminaires de France*. Paris, 1906, in-12.
5. *Vie de M. Olier*. Paris, 1873, 4e édit., t. III, p. 152.

afin d'obtenir de Dieu de bons maîtres d'école[1] pour les indigents? « Pour moi, lui écrivait Bourdoise, je le dis du meilleur de mon cœur, je mendierais de porte en porte pour faire subsister un vrai maître d'école, et je demanderais, comme saint François Xavier, à toutes les universités du royaume des hommes qui voulussent, non pas aller au Japon ou dans les Indes prêcher les infidèles, mais du moins commencer une si bonne œuvre. Je crois qu'un prêtre qui aurait la science des saints se ferait maître d'école, et par là se ferait canoniser. Les meilleurs maîtres, les plus grands, les plus en crédit, les docteurs de Sorbonne n'y seraient pas trop bons. Parce que les écoles de paroisse sont pauvres et tenues par des pauvres, on s'imagine que ce n'est rien. Cependant, c'est l'unique moyen de détruire les vices et d'établir la vertu, et je défie tous les hommes ensemble d'en trouver un meilleur[2] ». Ainsi ce mouvement « nicolaïte », que l'on a ainsi appelé parce qu'il se rattachait à la création des écoles et du séminaire de la paroisse Saint-Nicolas-du-Chardonnet[3], ne paraît pas devoir être séparé de l'action alors toute-puissante de la Compagnie du Saint-Sacrement[4].

Il serait injuste de ne pas signaler, à côté de cette impulsion, les efforts faits par le parti janséniste en faveur de l'instruction. Assurément, son influence a été beaucoup plus restreinte et n'a pas donné lieu, à Paris, à des créations durables; les petites écoles, plutôt destinées aux enfants de la bour-

1. Nous ne nous occuperons pas ici de la « Bourse cléricale » de Saint-Nicolas-du-Chardonnet, qui avait surtout pour objet la formation des ecclésiastiques. Cf. *Dessein des assemblées de la Bourse cléricale établie à Saint-Nicolas-du-Chardonnet pour l'instruction des ecclésiastiques destinés au service des églises paroissiales*. Paris, Jean Dincour, 1657, in-12, 36 p. (Bibl. nat., D. 32080).

2. Cité par A. Ravelet, *Vie du vénérable de la Salle*. Paris, 1874, in-8°, p. 69-70.

3. Abbé P. Schœnher, *le Séminaire et la paroisse Saint-Nicolas-du-Chardonnet*. Paris, 1909-1911, 2 vol. in-8°.

4. *Annales*, p. 184, 26 janvier 1659, — « M. Leschassier, maître des comptes, l'un des principaux ouvriers de l'Hôpital général, fit savoir à la Compagnie qu'il avoit travaillé à l'établissement d'un séminaire de maîtres des petites écoles, ce qui fut fort approuvé; on fit les assemblées à Saint-Nicolas-du-Chardonnet. » Christophe Leschassier était le père de Madeleine Leschassier, fondatrice des Filles de l'Instruction chrétienne.

geoisie[1], apprenant le latin et payant une rétribution de 400 livres, ne furent ouvertes rue Saint-Dominique-d'Enfer que de 1647 à 1650[2]. Mais, malgré tout ce qu'eut d'austère la pédagogie de Port-Royal, on ne peut nier l'amour de ses maîtres pour les enfants : « Il estimoit, nous dit de Saint-Cyran le fidèle Lancelot[3], tellement la charité de ceux qui s'employoient à élever chrétiennement les enfants, qu'il disoit qu'il n'y avoit point d'occupation plus digne d'un chrétien dans l'Église..., qu'à la mort une des plus grandes consolations que nous pouvions avoir étoit si nous avions contribué à la bonne éducation de quelque enfant et qu'enfin, cet emploi suffit seul pour sanctifier une âme, pourvu qu'on s'en acquitte avec charité et patience. » Il est à remarquer que, dans les diocèses administrés par des prélats jansénistes, Pavillon à Alet[4], Choart de Buzenval à Beauvais[5], par exemple, l'éducation du peuple fut organisée avec beaucoup de vigilance et de dévouement, et n'allons-nous pas voir à l'œuvre, à Paris même, concurremment avec les Filles de la charité et les Frères des Écoles chrétiennes, deux communautés jansénistes, les Sœurs de Sainte-Marthe et les Frères Tabourin, se vouer avec un même zèle à l'instruction des enfants pauvres dans les paroisses qui voudront bien avoir recours à leurs offices?

Ainsi, d'une manière générale, on peut rattacher la création des écoles de charité au grand mouvement de réforme religieuse qui marqua la première partie du XVIIe siècle. C'est une œuvre pie, au même titre que la visite des hôpitaux, des prisons ou des malades. On veut le salut du peuple en se procurant le sien propre. On joint l'édification personnelle à l'assistance sociale.

D'un autre point de vue, c'est une œuvre particulariste. Les Compagnies paroissiales de charité ont donné une vie propre

1. I. Carré, *les Pédagogues de Port-Royal*. Paris, 1887, in-12.

2. A. Gazier, *la Destruction des petites écoles, d'après une relation inédite de 1660*; extrait de la *Revue internationale de l'enseignement*, 1907.

3. Cité par E. Paradis, *la Pédagogie janséniste comparée à la pédagogie catholique*. Paris, 1910, in-8°, p. 34. — Dans son *Étude sur Lancelot* (Paris, 1879, in-8°), Vérin a dégagé également l'esprit de charité, d'amour et de dévotion pour l'enfance des maîtres des petites écoles.

4. E. Dejean, *Nicolas Pavillon, évêque d'Alet*. Paris, 1910, in-8°.

5. J. Gaillard, *Un prélat janséniste, Choart de Buzenval, évêque de Beauvais (1651-1679)*. Paris, 1902, in-8°.

à chaque paroisse qui forme un petit organisme avec ses confréries et ses œuvres de toutes sortes. Le curé prétend à la haute main sur cette organisation et ne veut pas être gêné par le Chapitre, ni lui être redevable de deniers péniblement obtenus de la charité de ses ouailles. Les Compagnies elles-mêmes forment un organe délimité dans la paroisse, avec des ressources indépendantes de celles de la fabrique et un personnel spécial d'administrateurs, de visiteurs, de dames patronesses. La Compagnie du Saint-Sacrement, qui les dirige secrètement, pense aussi avoir plus d'influence sur les curés pris individuellement que sur un corps constitué.

Aussi les curés rencontrèrent-ils une vive opposition de la part du personnage qui était jusqu'alors le véritable directeur de l'enseignement primaire à Paris, le chantre du Chapitre de Notre-Dame[1]. Nous en trouvons un écho dans le *Traité historique des écoles épiscopales et ecclésiastiques* du chantre Claude Joly, « collateur-juge et directeur des écoles de grammaire, ou petites écoles de la ville, faubourgs et banlieue de Paris », publié en 1678[2] contre « les entreprises de ceux qui troublent l'ordre ancien et canonique qui doit y estre maintenu pour la bonne éducation et instruction de la jeunesse », et dans un *Mémoire des curés de Paris au Parlement* contre les prétentions du chantre[3].

Que le chantre ait contre lui la Faculté des arts, qui réclame pour les collèges le pouvoir d'enseigner « la grammaire » dans les basses classes, cela ne peut nous surprendre. Mais qu'il ait contre lui les curés, qui veulent s'affranchir de sa juridiction pour leurs écoles de charité, cela peut paraître singulier. La cause en est fort simple, les écoles paroissiales gratuites ont ruiné en partie les petites écoles payantes qui sont sous la dépendance du chantre. Il y a diminution de ses revenus. Les prétextes de droit canonique cachent une question d'argent.

Il y a également aussi une question de tradition qu'il fait habilement ressortir dans son long plaidoyer. Les églises cathédrales avaient au début, comme fonction épiscopale, l'enseignement au même titre que l'assistance. L'hôpital et

1. L'expression est de M. Tisserand, *les Petites écoles de Paris avant 1789* (*Revue des sciences et des lettres*, 1888, p. 145-156 et 288-301).

2. Paris, Fr. Muguet, 1678, in-16, 592 p.

3. Bibl. Sainte-Geneviève, ms. 1941.

l'école vivaient à l'ombre de la basilique. Mais les temps sont changés. Chaque curé veut être un « pasteur » dans sa paroisse, un évêque au petit pied. Il réclame pour ses œuvres l'autonomie. Il veut être maître de leur direction et de leur gestion. Ces écoles, disent les curés dans le mémoire que nous avons cité, sont « des suppléments de catéchisme », des instructions chrétiennes d'une nature et d'un esprit différents de celles de M. le chantre. Mais ce dernier ne peut supporter cette indépendance et cette manière de « séparer les pauvres des riches »[1]. A l'appui de sa thèse, il cite ce qui s'est passé à Lyon, où l'archevêque, en 1672, n'a pas confié aux curés le soin d'établir des écoles pour les pauvres, mais au sieur Démia, à l'aide de séculiers et d'ecclésiastiques[2], et à Paris même, au début du siècle, où des curés de paroisse se sont adressés au chantre pour ouvrir des écoles dans les cimetières et charniers, comme à Saint-Eustache, aux Saints-Innocents, à Saint-Séverin et, plus récemment, en 1658, à Saint-Nicolas-du-Chardonnet, à la suite de la fondation de Gabrielle Danson, femme de Claude Bourdon, procureur au Parlement, et en 1666 à Montrouge, à la suite de la fondation de Louis Barboteau.

Il est exact qu'au début ces fondations se soient faites avec l'assentiment du chantre; mais, dès que les Compagnies de charité ont fait leur apparition dans les paroisses, les choses ont changé. Ce que le chantre attribue à l'esprit d'indépendance des curés peut être à bon droit, — mais pouvait-il le savoir? — imputé à l'esprit de la Compagnie du Saint-Sacrement, qui se défiait des ecclésiastiques et même de l'archevêché. Le fait relevé par le chantre[3], que la Compagnie de charité de la paroisse Saint-Paul ait fondé cinq écoles dans la paroisse, trois dans la ville et deux au faubourg Saint-Antoine, sans même dire un seul mot de l'autorité de l'archevêque, nous semble, à nous qui connaissons maintenant le dessous des choses, tout naturel.

Dans certains cas, ce n'est même pas le curé qui agit, mais le fondateur qui se réserve le droit de nomination des maîtres. Ainsi G. Santeuil, avocat au Parlement, qui fonde, en 1665,

1. *Mémoire du chantre au Parlement*, vers 1678 (bibl. Sainte-Geneviève, ms. 1941).
2. Cl. Joly, *ouvr. cité*, p. 384.
3. Cl. Joly, *ouvr. cité*, p. 412.

une école pour soixante enfants dans la paroisse Saint-Leu-Saint-Gilles, stipule dans le contrat passé avec le curé, André du Saussay, et les marguilliers, le 15 mai 1665, que « lui et ses successeurs nommeront le maître pour tenir l'école, qui sera néanmoins présenté à M. le curé de ladite église pour être examiné... ». A Saint-Paul et ailleurs, ce n'est pas le curé, mais la Compagnie de charité qui choisit les maîtres et maîtresses : « Il y aura toujours des maistres qui seront choisis entre messieurs les ecclésiastiques habituez de la paroisse par la Compagnie de la charité, laquelle agréera aussi les maîtresses, et le maistre à escrire, après l'examen que les deputez auront fait de leur vie, mœurs, conduitte et capacité pour enseigner aux pauvres enfants de la paroisse à bien prier Dieu, le catéchisme, à lire et à écrire. »

Néanmoins, les curés de Paris prirent en main la cause des écoles; Michel Le Masle présenta sa requête au Parlement le 26 février 1656[1] « pour faire réprimer ces entreprises », et les curés intervinrent pour « estre maintenus dans leur droit et possession de pourvoir respectivement en leurs paroisses à l'instruction chrétienne des pauvres enfans d'icelles, et d'y commettre à cette fin des maistres pour les garçons, et les maitresses pour les filles... ». J. Renard, conseiller à la Cour, fut chargé d'instruire le procès. Sur ces entrefaites, Michel Le Masle mourut. Son successeur, Ameline, reprit l'instance au sujet d'une fondation faite dans la paroisse Saint-Louis-en-l'Ile. Enfin, Claude Joly, qui le remplaça, devait se signaler par son ardeur dans la lutte contre les curés.

Nous ne saurions refaire ici en détail l'histoire du procès qui, à travers de nombreux arrêts, souvent contradictoires[2], se termina seulement en 1699 par une transaction qui fut une défaite pour le chantre, et laissa, malgré de légères restrictions, toute liberté aux curés. Elle stipulait[3] que seuls seraient reçus dans les écoles de charité « les enfants vraiment pauvres, reconnus

1. Nous renvoyons pour la liste des factums de Claude Joly et des curés pendant le procès à l'énumération que nous en avons faite dans notre Bibliographie d'après le registre LL. 372 des Archives nationales.

2. *Mémoires du clergé*, t. I, p. 1049. De la juridiction du chantre; arrêts du Parlement des 4 mars, 28 juin 1625, 19 mai 1628, 10 juillet 1632, 20 mars 1642, 29 juillet 1650, 6 août 1652, 7 février 1654, 5 janvier 1665, 31 mars 1683.

3. Arch. nat., LL. 372.

tels par les curés, dont sera tenu registre tous les six mois avec noms et adresses »[1]. Le chantre gardait son droit de visite sur les écoles, une fois par an. C'était là une simple satisfaction d'amour-propre, car « les lettres portant pouvoir de régir et gouverner les écoles de charité », ce qui était le plus important, devaient être accordées aux curés « sur simple représentation de leurs provisions et prises de possession, sans qu'il soit besoin de présenter de requête au chantre, ni obtenir de conclusion du promoteur ». Les maîtres restaient entièrement dans la main des curés : « Les maîtres ne seront point traduits en jugement devant le chantre, mais, en cas de litige, seront corrigez par le curé »; « chaque curé instituera et destituera les maîtres »; enfin, ces derniers n'étaient tenus « d'aucuns droits de communauté, de confrairie, ni obligés de se trouver aux assemblées des autres maîtres d'école, mais seront exhortés d'assister au synode du chantre ». Une formalité pourtant était exigée; on devait mettre sur les portes des écoles de charité l'inscription suivante : *École de charité pour les pauvres de la paroisse*[2].

Sous ce régime de liberté, les fondations d'écoles, qui n'avaient d'ailleurs jamais cessé de se manifester, devinrent de plus en plus nombreuses à la fin du XVIIe siècle, d'autant plus que la transaction intervenue coïncidait avec la fameuse déclaration royale du 13 décembre 1698, renouvelée le 14 mai 1724, prescrivant l'établissement d'écoles dans toutes les paroisses, dans un but de prosélytisme religieux contre le protestantisme.

Cependant, certains curés avaient dû surmonter des difficultés d'un autre ordre. A Saint-Sulpice, où les Frères des Écoles chrétiennes avaient été appelés à tenir des écoles par le curé de la Barmondière, dès 1688, son successeur, La Chétardie, dut soutenir un procès contre des maîtres écrivains[3],

1. Déjà les arrêts des 25 mai 1666 en faveur de Bernard Cros, curé de Saint-Louis-en-l'Ile, et 23 août 1678 en faveur de J. Gardeau et P. Gargan, curés de Saint-Étienne-du-Mont et de Saint-Médard, avaient autorisé les maîtres et maîtresses à continuer d'instruire sans permission du chantre, mais seulement aux enfants des pauvres (*Mémoires du clergé*, t. I, p. 1073 et 1075).

2. Il en reste un spécimen intéressant sur le local de l'écoledes Sœurs de la paroisse Saint-Louis-en-l'Ile, rue Poulletier.

3. D'après A. Franklin, *Dictionnaire des arts, métiers et professions*,

lors de l'ouverture de deux nouvelles écoles gratuites confiées aux Frères, en 1698, rue Saint-Placide et, en 1699, « sur les Fossés-de-Monsieur-le-Prince », près de la porte Saint-Michel. Il ne fallut rien moins que l'intervention de Mme de Maintenon pour que le Parlement prît en main la cause du curé : « Comme vous êtes le protecteur des bonnes œuvres, écrivait-elle le 3 juillet 1690 au président de Harlay[1], aussi bien que le chef du Parlement, je ne crains pas de vous faire une recommandation en faveur des écoles charitables de Saint-Sulpice. Il n'y en eut jamais de plus utiles ni de plus désintéressées. Cependant, les maîtres d'écoles les troublent quelquefois, et quoique jusqu'ici ils aient perdu tous les procès qu'ils ont intentés, ils y reviendront souvent. Je vous conjure, Monsieur, de procurer à cet égard le repos de M. le curé de Saint-Sulpice, qui ne désire de ces écoles que pour servir Dieu. »

Mais, en 1704[2], à la suite d'un nouveau procès, le supérieur des Frères, J.-B. de la Salle, fut condamné. Bien plus, en conséquence de l'arrêt du Parlement du 5 février 1706, les écoles des Frères furent fermées; ils ne furent rappelés qu'à la condition de recevoir seulement des indigents, suivant la formule déjà adoptée lors des procès avec le grand chantre : « N'empêche point au surplus ledit sieur Larcher [syndic des maîtres écrivains] que ledit sieur curé de Saint-Sulpice prenne des personnes pour enseigner à écrire aux pauvres de la paroisse et sera tenu de faire faire un état des noms desdits pauvres enfants qu'ils enseigneront, pour être mis en mains de M. le lieutenant de police et communiqué au syndic desdits maîtres écrivains, lesquels particuliers ne pourront admettre aux écoles que pauvres enfants et non autres »[3].

Paris, 1905, in-4°, p. 453. Ils possédaient à Paris 140 pensions. Ils avaient déjà eu des démêlés avec le chantre en 1691, car ils ne reconnaissaient pas le droit aux maîtres des petites écoles d'enseigner la grammaire et l'arithmétique. Ils modifièrent leurs statuts en 1727.

1. *Correspondance administrative du règne de Louis XIV*, t. IV, p. 180.

2. *Annales de l'institut des Frères des Écoles chrétiennes*. Paris, 1883, 2 vol. in-8°, t. I, p. 161 (voir les sentences du lieutenant de police des 20 février, 11 juillet, 29 août 1704).

3. A cette époque, les Frères des Écoles chrétiennes n'avaient pas encore obtenu de lettres patentes, et à l'occasion de leurs procès le procureur général du Parlement adressa au roi un mémoire sur les maisons religieuses non pourvues de lettres patentes. Le comte de Pontchartrain, sans

Ainsi la fondation des écoles de charité se heurtait à des situations acquises et à des intérêts pécuniaires. Parmi les indigents, il pouvait toujours se glisser quelques fraudeurs. Les maitres des petites écoles, pâr l'organe du grand chantre ou le « syndicat » des maitres écrivains, veillaient à ne point laisser tarir la source de leurs revenus.

Ces procès mettent en jeu également un personnage, dont nous pourrions être tenté de trouver l'intervention intempestive, si nous ne connaissions l'étendue de son pouvoir sous l'ancien régime[1]. Comme tous les établissements publics, les écoles de charité se trouvaient en effet sous la juridiction du lieutenant général de police et en particulier du premier bureau chargé de « la religion ». A ce titre, il édicte diverses ordonnances, comme celles des 11 juillet 1731 et 5 février 1734, sur les rapports des maitres et maitresses et des parents. Non seulement les enfants se « portent, y est-il dit, à un tel excès d'ingratitude envers les maitres et les maitresses préposés à leur instruction qu'ils osent proférer contre eux journellement des injures et des menaces », mais les parents « ont eu la témérité de leur faire insulte, souvent même dans leurs classes et pendant le temps de leurs exercices ». Aussi, « quoique la modération de ces maîtres et maîtresses les retienne toujours de nous en porter leurs plaintes », il est juste « de prévenir les mêmes inconvénients à leur égard et de les mettre en état de continuer leurs instructions avec toute la décence et la tranquillité convenables »; en cas d'insulte, les contrevenants sont frappés de cinquante francs d'amende et, en cas de voie de fait, exposés à des poursuites extraordinaires[2].

Les dons ou legs faits en faveur des écoles relatés dans les délibérations des fabriques, dans les comptes ou procès-verbaux des Compagnies de charité, dans les registres de fondations parois-

prendre parti, le renvoya au cardinal de Noailles pour que les mesures soient prises d'accord avec l'autorité ecclésiastique (lettre du 26 septembre 1704, *Correspondance administrative sous le règne de Louis XIV*, t. IV, p. 240). Les statuts des Frères des Écoles chrétiennes ne furent approuvés que le 7 février 1720 par bulle du pape Benoît XIII et par lettres patentes du roi le 26 avril 1725.

1. M. Chassaigne, *la Lieutenance générale de Paris*. Paris, 1908, in-8°.

2. L'ordonnance de 1734, signée Hérault, se trouve dans le *Dictionnaire de la police* de La Poix de Fréminville (p. 283) et a été reproduite en partie par H. Monin, *État de Paris en 1789*. Paris, 1889, in-8°, p. 417.

siales, sont de deux sortes. Tantôt le bienfaiteur lègue un immeuble à destination d'école. Tantôt il lègue une rente pour l'entretien du maitre ou de la maitresse d'école. Quelquefois, il pousse la générosité jusqu'à fournir le local et la rente. Parmi les donateurs se trouvent beaucoup de curés et de vicaires : Duhamel, à Saint-Merry[1]; Cl.-Fr. Talon, à Saint-Gervais[2]; Mercier et La Brue, à Saint-Germain-l'Auxerrois[3]; J.-B. Goy, à Sainte-Marguerite[4]; M. Bonnet, à Saint-Nicolas-des-Champs[5]; Pierre Marlin, à Saint-Eustache; puis de riches paroissiens comme le duc de Charost, qui servait aux Frères des Écoles chrétiennes et aux sœurs une rente de 600 livres pour l'école de la paroisse de la Madeleine-de-la-Ville-l'Évêque[6], établissement très prospère jouissant à l'époque de la Révolution de 11,732 l. 9 s. de rentes[7]; François Choart, administrateur de l'Hôtel-Dieu, qui avait laissé une rente à la paroisse Saint-Laurent pour l'entretien d'un prêtre maitre d'école choisi concurremment par la fabrique et par les administrateurs de l'hôpital[8]; Mme Gon de Vassigny, femme de Lefebvre de la Malmaison, conseiller au Parlement, qui avait légué 25,000 livres pour l'acquisition d'une maison dans la paroisse Saint-Louis-en-l'Ile[9]; Mme Barthélemy, appartenant à une vieille famille de la paroisse Saint-Merry, qui donna en 1713[10] une maison du cloitre Saint-Merry, affectée au logement des sœurs et à

1. Donation du 30 juillet 1653 devant Gallois, notaire, 4,800 livres, soit 200 livres de rente données à l'Hôtel-Dieu pour fonder une école (C. Baloche, *Histoire de Saint-Merry*. Paris, 1912, in-8°, t. I, p. 343).

2. Arch. de l'Assistance publique, Hôtel-Dieu, legs Talon, 1648 (liasse 1184).

3. Arch. nat., S. 3438.

4. Arch. nat., L. 648. Contrats des 13 août 1700 et 4 mai 1715.

5. Arch. nat., L. 688.

6. Cette libéralité fut continuée par son fils le duc de Béthune-Charost, pair de France, dont l'hôtel, au faubourg Saint-Honoré, dépendait de cette paroisse : acte du 23 septembre 1757 (Arch. nat., L. 679).

7. Lebeuf, *Histoire de Paris*, éd. Cocheris, t. I, p. 281.

8. Acte du 20 janvier 1691 (Arch. nat., LL. 817, fol. 24, 35, 39, 89, 127); délibération de la paroisse Saint-Laurent, 1732-1777; procès-verbal de nomination, 10 juillet 1738, 21 août 1740, 8 septembre 1741, 27 juin 1751, 26 décembre 1762.

9. Abbé Collignon, *Histoire de la paroisse Saint-Louis-en-l'Ile*. Paris, 1888, in-8°, p. 46.

10. Arch. de l'Assistance publique; contrat du 12 septembre 1713 devant Desnotz, notaire.

l'école des filles, et dont une partie devint en 1783 l'hôpital Saint-Merry, fondé par le curé Viennet.

Les locaux des écoles étaient loin de répondre à l'installation idéale décrite par l'auteur de l'*École paroissiale*[1], qui demande, pour cent enfants, « une salle de 26 pieds de hauteur, 17 à 18 de large et 12 de hauteur, avec de nombreuses fenêtres garnies de châssis très clairs, une large cheminée entourée de bancs de diverses grandeurs, des murs garnis d'attaches ou porte-manteaux, porte-sacs et tablettes », meublée enfin de tables à écrire proportionnées à l'âge des écoliers, d'une armoire pour serrer les registres et les livres du maître. Cette installation matérielle ne fut réalisée que très imparfaitement dans la plupart des cas. La majorité des écoles se trouvait au rez-de-chaussée des maisons et quelquefois au premier étage, avec des chambres pour le logement du maître et de la maîtresse.

Les installations se perfectionnèrent au XVIIIe siècle. Dans la paroisse Saint-Gervais, l'école de filles occupait rue des Barres, au coin de la rue Grenier-sur-l'Eau, une grande maison à porte cochère, achetée 21,000 livres en 1714 sur les deniers de la loterie[2].

A Saint-Merry, les écoles de garçons, qui se faisaient primitivement dans une salle fournie par la fabrique « sur les voûtes de l'église », au-dessus des charniers, furent transportées au XVIIIe siècle dans la chapelle Saint-Bon, voisine de l'église, que la Charité de la paroisse, d'accord avec le curé « chefcier » Artaud, avait achetée vers 1755[3] aux chapitres de Saint-Maur et du Louvre. Les écoles de filles occupaient une maison de la rue du cloître Saint-Merry, achetée du vivant même de Vincent de Paul et tenue par les Sœurs de charité, puis celle qui fut donnée par la famille Barthélemy.

A Saint-Germain-l'Auxerrois, l'une des paroisses les mieux dotées en écoles[4], l'école de charité des filles occupait une vaste maison rue des Poulies.

---

1. *L'Escole paroissiale ou la manière de bien instruire les enfans dans les petites escoles*, par un prêtre d'une paroisse de Paris. Paris, 1654, in-12.

2. Arch. nat., S. 3359-60.

3. Arch. paroissiales et Arch. nat., LL. 851. Registre des délibérations, 1721 à 1760. Abbé Baloche, *la Chapelle Saint-Bon*, dans la *Cité*, *Bulletin de la Société historique du IVe arrondissement de Paris*, avril 1909.

4. En dehors des cinq écoles de charité, trois de garçons, deux de filles,

Par contre, à Saint-Sulpice, rue du Gindre, chez les Filles de l'Instruction chrétienne, « le lieu où l'on fait l'école des externes est aussi vilain et pas plus grand qu'une écurie à deux chevaux; on n'y voit clair que par la porte ouverte, n'y ayant point de fenêtres; aussi, on les prend par bande pour la lecture et l'écriture : elles se rassemblent pour le catéchisme, le travail et le dîner »[1].

A Saint-Laurent, le règlement de la Compagnie de charité porte qu'on devra veiller « à ce que les lieux qui seront choisis pour y faire les écoles soient vastes et spacieux et capables de contenir un grand nombre d'enfants »[2].

Il arrive parfois que des difficultés s'élèvent entre curés et marguilliers, comme à Saint-Roch, où le curé Marduel avait acheté une maison pour agrandir l'école des Frères, en 1753, et se trouvait en butte aux attaques de ses fabriciens qui blâment ses dépenses et ne veulent rien payer[3].

A Saint-Nicolas-du-Chardonnet, l'école des filles occupait d'abord un petit bâtiment élevé au milieu des constructions inachevées de l'église du collège des Bernardins, loué 230 livres par an, et ne fut transférée qu'en 1758 dans une petite maison de la rue des Bernardins donnée par Mme Chaumont de la Galaizière[4].

A Saint-Jean-en-Grève, l'école des filles se trouvait dans une grande maison de la rue des Deux-Portes léguée par le médecin bibliophile Picoté de Belestre[5], en vertu d'un testament du 10 mars 1732, qui ne fut d'ailleurs exécuté que plusieurs années après[6]. Par contre, le maître d'école des garçons « enseignera,

il y avait des petites écoles dans chacun des sept quartiers scolaires qui divisaient la paroisse (Arch. nat., LL. 732, fol. 38, et Bibl. nat., *Recueil Thoisy, mat. eccles.*, t. XLII, p. 98).

1. Bibl. de l'Arsenal, arch. de la Bastille, 10184, *Instruction chrétienne, état au vray de cette communauté*, 1737.

2. Bibl. nat., Joly de Fleury 1587, fol. 63.

3. Bibl. nat., Joly de Fleury 1588, fol. 143 à 191. Mémoire du curé J. Marduel et Mémoire des marguilliers, 1786, in-4°.

4. Arch. nat., X[1a] 8765, fol. 12.

5. Voir, sur ce personnage, P. Delaunay, *le Monde médical parisien au XVIIIe siècle*. Paris, 1906, in-8°, p. 377.

6. Bibl. nat., Joly de Fleury 1639, fol. 446. Arrêt du Parlement du 7 septembre 1740.

dit une délibération de la fabrique du 6 septembre 1688[1], l'été sous les charniers et l'hiver dans le cabinet de Mauprivé et, en attendant qu'on puisse lui procurer une chambre, il logera dans l'école ».

A Saint-Jacques-du-Haut-Pas, l'école des garçons était établie en 1768 dans une maison nouvellement construite avec logement pour le maitre au-dessus des classes[2].

A Saint-Paul, la Compagnie de charité avait fait bâtir « un logement près de l'église au bout de l'allée de la porte de Saint-Pierre, lequel est composé de deux salles pour les écoles de garçons et deux chambres pour les maîtres; au-dessous est une grande chapelle, dont l'autel est placé en dehors du bâtiment, en laquelle les garçons s'assemblent, et à côté est une salle séparée de cette chapelle par une balustrade, où les filles se mettent »[3]. Pour les autres écoles de la paroisse, on louait des salles dans des maisons particulières.

A Saint-Hippolyte, l'école des filles occupait une maison donnée par les propriétaires, rue des Trois-Couronnes, la septième du côté droit en venant de la rue Mouffetard[4].

Les propriétaires se souciaient peu de louer leurs immeubles à usage d'école. Nous avons un écho de ces difficultés dans une lettre adressée par Secousse, curé de Saint-Eustache, le 5 avril 1713, au Contrôle général[5] pour demander l'exemption des droits d'amortissement sur une maison de la rue du Gros-Chenet convoitée par la confrérie de Notre-Dame-de-Bon-Secours en vue d'y établir les écoles qu'elle subventionne « On ne trouve pas aisément, dit-il dans sa requête, à loger ces écoles tant par la répugnance des propriétaires pour l'embarras et le dépérissement que causent tant d'enfants que par la

1. Arch. nat., LL. 801-2.

2. Arch. nat., LL. 794. État en forme de journal concernant la cure et paroisse de Saint-Jacques-Saint-Philippe-du-Haut-Pas, t. II, fol. 569.

3. Arch. nat., L. 716.

4. Arch. nat., S. 1925.

5. Arch. nat., G7 440. La confrérie de Notre-Dame-du-Bon-Secours, de Saint-Eustache, était alors « sous la protection » de la femme du contrôleur général Desmaretz. Elle payait plusieurs maîtres et maîtresses des écoles de charité, contribuait à la dépense du lait pour « les enfants à la mamelle » et possédait une maison où se faisait « la marmite » des pauvres.

difficulté de trouver des lieux assez grands pour le prix qu'on y peut mettre. » La maison que les administrateurs de la confrérie veulent acheter vaut 9,000 livres et les droits à payer, s'ils n'en étaient exemptés, s'élèveraient à 1,980, soit 1,800 livres de droits d'amortissement (un cinquième de la valeur) et 180 livres aux receveurs du domaine (2 sous pas livre).

Les locaux à usage d'école de charité furent assimilés aux établissements hospitaliers et comme tels exempts des droits d'amortissement. Mais cette jurisprudence ne fut pas fixée au début d'une manière absolue. C'est grâce à la demande faite par l'assemblée du clergé de 1705 qu'un arrêt du Parlement du 25 février 1710 porta « exemption des droits d'amortissement pour les fondations ou legs qui ont été ou pourront estre faites, tant pour fournir le bouillon et autres nécessités des pauvres malades des paroisses que pour les écoles de charité[1] ». Un arrêt du 31 décembre 1737 déchargea des droits d'amortissement le legs fait à la paroisse de Saint-Jean-en-Grève d'une maison pour y établir une école de charité de filles[2]. Enfin, l'arrêt du 21 janvier 1738[3], puis l'édit d'août 1749, accordèrent pour les maisons d'école l'exonération de ce droit. Les curés avaient eu également gain de cause, grâce aux assemblées du clergé, contre les « fermiers » qui avaient voulu, en 1724, leur faire payer pour ces immeubles le droit d'indemnité[4].

Les maîtres et maîtresses.

Nous venons de voir comment se fondèrent les écoles de charité et quelles difficultés elles rencontrèrent à leur début. Il nous faut maintenant en montrer le fonctionnement; à qui y fut confié l'enseignement; quelles méthodes y furent employées; quelle discipline y fut observée; quels en furent les résultats.

1. *Recueil d'arrêts sur les droits d'amortissements*, in-fol. (Bibl. nat., F. 21939-45, t. II, fol. 524).
2. *Ibid.*, t. V, p. 759.
3. Article 3 : « Sont exemptées ... toutes les acquisitions, échanges, dons et legs, constructions et reconstructions de bâtiments destinés soit au logement et à l'entretien des pauvres et des malades, *soit à leur instruction gratuite.* »
4. Bibl. nat., Joly de Fleury 1639, fol. 56.

Derrière l'uniformité des règlements apparaissent des diversités de détail qui reflètent l'état d'esprit de chaque paroisse. Les curés apportent à l'organisation des écoles, comme à celle de leurs œuvres pieuses, des préoccupations empreintes de leur tempérament ou de leurs préférences. C'est ainsi que les uns passent des contrats avec des communautés, d'autres appellent des maîtres laïques ou se contentent de prêtres « habitués » de leur paroisse, que les uns suivent les influences jansénistes et d'autres s'efforcent de rester dans la pure orthodoxie.

Les deux principales congrégations qui se partageaient les écoles de charité de filles étaient les Sœurs grises, ou Filles de la charité, instituées par Vincent de Paul, et les Sœurs de l'Enfant-Jésus ou Filles de Saint-Maur.

Ces dernières avaient été fondées à Rouen en 1666 par un minime, le Père Nicolas Barré[1], aidé de Mme Maillefer. Il les fit venir à Paris dans la paroisse Saint-Jean-en-Grève, en 1677, puis elles s'établirent en 1686 dans la paroisse Saint-Sulpice, où elles tinrent bientôt huit écoles, à Saint-Joseph, rue Saint-Dominique, à la Grenouillère et dans les rues de Seine et Saint-Placide. Ce sont elles également qui desservaient les écoles de la paroisse de Saint-Gervais. Elles faisaient des vœux simples d'obéissance et de « stabilité ». Elles ne purent jamais obtenir de lettres patentes. Leur noviciat et le siège de leur institut était rue Saint-Maur[2], où elles tenaient aussi des écoles gratuites. Elles ne reconnaissaient d'autres supérieurs que les curés de Paris, dans les paroisses desquelles elles étaient établies.

Leurs statuts, établis par le Père Barré en 1685, furent renouvelés en 1730[3] par l'abbé Tiberge, prêtre du séminaire des

1. Né à Amiens en 1620. A composé des *Lettres spirituelles*. Rouen, 1697, in-12. Sa vie se trouve en tête de ce volume. Voir aussi P.-H. Grèzes, capucin, *Vie du P. Barré*. Paris, s. d., in-16.

2. Hurtaut et Magny, *Dictionnaire historique de la ville de Paris*, t. IV, p. 565. La rue Saint-Maur est aujourd'hui la rue de l'Abbé-Grégoire. Elles firent deux tentatives pour être autorisées en 1731, puis en 1747, mais les deux fois le procureur général refusa, prétendant qu'il y avait déjà beaucoup trop de congrégations similaires, et malgré l'insistance du P. Combes, supérieur général des Missions auprès du cardinal de Fleury (Bibl. nat., Joly de Fleury 115, dossiers 1069, fol. 44 à 77, et 1237, fol. 215).

3. Ces statuts furent imprimés en 1741. Parmi les supérieures de la com-

Missions étrangères, institution qui eut la direction spirituelle de leur maison pendant tout le cours du XVIIIe siècle.

Les Sœurs grises, Filles de la charité, ou Sœurs de Saint-Vincent de Paul, avaient été établies sur la paroisse Saint-Laurent, dans les maisons de « Notre-Dame-de-Lorette »[1] et de « la Ménagerie », achetées en 1671 à la Mission de Saint-Lazare. Elles avaient bientôt essaimé dans la plupart des paroisses, où elles passaient des contrats avec les curés pour tenir les maisons de charité[2]. Leur double caractère d'hospitalières et d'enseignantes les faisait rechercher pour cet emploi. La maison de charité des paroisses prend surtout au XVIIIe siècle le caractère de dispensaire qu'elle gardera pendant toute une partie du XIXe siècle, où « la maison de secours », suivant le terme officiel, sert en même temps à la consultation des malades, à la distribution des médicaments et à l'école des filles. C'est là un organisme spécial, et qui vient à peine de disparaître. Seules la laïcisation et la spécialisation des services ont séparé ces diverses fonctions et fermé ces maisons d'autrefois dont on pourrait encore trouver plus d'une trace.

Les Sœurs grises se trouvaient à Paris au XVIIIe siècle[3] dans les paroisses ou établissements suivants :

Établissements ou Paroisses.	Nombre de Filles.
Invalides	34
Incurables	31
Petites-Maisons	22
Total	87

munauté aux XVIIe et XVIIIe siècles, nous trouvons Mme de Crozes, Mme Tiborge, Catherine de Bosresdon, Jeanne des Barres, etc. Cf. P.-H. Grèzes, capucin, *Histoire de l'institut des écoles charitables de l'Enfant-Jésus, dit de Saint-Maur, suivi de la vie de la R. M. de Faudoas (1700-1877)*. Paris, s. d., in-12.

1. Pour réparer ces maisons délabrées, les Filles de la charité demandèrent à la Commission des loteries un secours qui leur fut refusé (Arch. nat., G9 651).

2. Arch. nat., S. 6158.

3. Arch. nat., L. 1054. Cette liste comprend non seulement les Sœurs faisant l'école, mais les Sœurs occupées au « bouillon » ou au pansement des malades.

Report	87
Enfants-Trouvés	16
Bel-Air.	19
Saint-Nom-de-Jésus (hospice). . . .	4
Saint-André-des-Arcs.	3
Saint-Barthélemy	4
Saint-Benoît	4
Saint-Côme	2
Saint-Eustache	5
Saint-Étienne-des-Grès	4
Saint-Gervais.	5
Saint-Germain-l'Auxerrois	5
Saint-Hippolyte.	3
Saint-Jacques-la-Boucherie	3
Saint-Jacques-du-Haut-Pas	4
Saint-Leu	3
Saint-Louis-en-l'Ile	4
Saint-Merry	4
Saint-Martin-des-Champs	3
Saint-Médard	4
Saint-Jean-en-Grève	4
Saint-Nicolas-des-Champs	5
Saint-Paul.	6
Saint-Nicolas-du-Chardonnet. . . .	3
Saint-Roch	3
Saint-Sauveur	2
Saint-Sulpice	10
La Villeneuve [N.-D.-de-Bonne-Nouvelle].	4
Sainte-Marguerite	4
Total.	217

Les Sœurs dites de Sainte-Marthe dirigeaient depuis 1726 les écoles gratuites de la rue des Prêtres-Saint-Séverin. Ainsi que les Sœurs de l'Enfant-Jésus, elles ne purent obtenir de lettres patentes, malgré la protection du cardinal de Noailles, indulgent pour leur jansénisme; il les autorisa, seulement en 1724, à vivre en communauté, sans se lier par aucun vœu. Après soixante-quatorze ans d'existence, — car la fondation de la congrégation par la veuve Théodon remontait au mois de septembre 1713[1], — elles firent, en 1777, une nouvelle tentative

1. Fr.-El. Jourdan, veuve du sculpteur Théodon, avait d'abord logé sa

pour obtenir des lettres patentes. Mais cette fois ce fut l'archevêque, Christophe de Beaumont, qui s'y opposa, malgré l'avis favorable du Procureur général. Dans la maison de la rue des Prêtres-Saint-Séverin, à peu près en face de l'église[1], demeuraient la supérieure, la maîtresse des novices et quelques religieuses[2]. Leur habit consistait en une robe et un bonnet noirs. Pendant la Révolution, elles changèrent de costume pour pouvoir continuer leurs œuvres de bienfaisance. D'après une déclaration du 10 novembre 1747[3], faite par leur supérieure, Mme Gérard, elles étaient alors au nombre de quinze sœurs, dont trois à Saint-Séverin et quatre à Saint-Paul. Elles avaient pour confesseurs les curés de Saint-Gervais, de Saint-Josse et un père « piquepusse ».

Dans la paroisse Sainte-Marguerite se trouvaient, rue Basfroy, des filles séculières, autorisées par lettres patentes de septembre 1682, pour l'instruction des enfants pauvres du faubourg Saint-Antoine. Les duchesses de Noailles et de Lesdiguières, dames de charité de la paroisse Saint-Paul, les avaient fait venir, en 1679, d'Aubervilliers, où elles s'appelaient Filles de Notre-Dame-des-Vertus, sous la direction d'Aimée de Buha. Le curé de Saint-Paul, Mazure, leur donna, en 1682, une maison qu'il possédait rue Saint-Bernard. Ses héritiers attaquèrent son testament, et le legs fut annulé en 1690. Mais la maison fut rachetée et concédée aux écoles par M. de Bragelongne, conseiller à la cour des aides; c'était la première maison à gauche en quittant la grille du presbytère, touchant l'enceinte du cimetière Sainte-Marguerite. Les Filles de Notre-Dame-des-Vertus devinrent alors les Filles de Sainte-Marguerite[4].

Quant aux Filles de la Trinité, dites Mathurines, établies

---

communauté rue de Montreuil, au faubourg Saint-Antoine, puis rue de la Muette en 1719, dans le même quartier, puis en 1726 rue des Prêtres-Saint-Séverin.

1. Guilhermy, *Inscriptions...*, t. I, p. 310, cite cette inscription qu'il y a vue : *Tronc pour les livres des écoles des pauvres filles.*

2. Léon Séché, *les Derniers jansénistes*. Paris, 1891-1893, 3 vol. in-8°, t. I, p. 99 à 102; et Ed. Finot, *Port-Royal et Magny*. Paris, 1888, in-12.

3. Bibl. de l'Arsenal, arch. de la Bastille, ms. 10184.

4. P. Hélyot, *Histoire des ordres monastiques*, édit. Migne, in-4°, t. IV (additions par L. Badiche), p. 1564.

depuis 1713 rue de Reuilly[1], elles donnaient bien l'instruction aux filles pauvres dans leur communauté, mais ne faisaient pas partie du personnel des écoles de charité essentiellement paroissial.

C'est également au faubourg Saint-Antoine qu'avait pris naissance l'association janséniste des Frères Tabourin qui, favorisés par le curé J.-B. Goy, rayonnèrent bientôt dans toute la paroisse Sainte-Marguerite[2]. En 1711, un ecclésiastique, Étienne Gaillard, avait fait don à l'Hôtel-Dieu de trois maisons situées dans le faubourg Saint-Antoine, rue de Lappe, à la charge de payer tous les ans une somme de 420 livres à un maître d'école pour les enfants pauvres du quartier[3]. Ce fut l'origine de cette association de Frères des Écoles chrétiennes du faubourg Saint-Antoine qui en 1738 comptait dix-sept écoles. Leur action se fit sentir d'une façon efficace. Un lieutenant de police déclarait que depuis l'établissement de ces écoles, la police du faubourg Saint-Antoine lui coûtait 30,000 livres de moins qu'à ses prédécesseurs.

Dans la paroisse Saint-Médard, l'école de charité de filles fut tenue un certain temps par les filles séculières de la communauté de Sainte-Agathe, dissoute en 1753[4], après divers démêlés avec l'autorité ecclésiastique à cause de leur jansénisme et faute d'avoir pu obtenir des lettres patentes. Il existait également une école pour les pauvres, rue d'Orléans, dans le quartier de la place Maubert, dite maison de Sainte-Jeanne, et dirigée par les Filles de la Croix[5].

---

1. Jaillot, *Recherches...* T. III : *Quartier Saint-Antoine*, p. 116-117.

2. A. Gazier, *les Écoles de charité du faubourg Saint-Antoine, école normale et groupes scolaires (1713-1887)*, dans la *Revue int. de l'enseignement*, 1906; et A. Rébelliau, *Un enseignement primaire janséniste de 1711 à 1887, les Frères Tabourin, au faubourg Saint-Antoine*, dans *la Revue pédagogique*, 1906, p. 212.

3. Arch. de l'Assistance publique, liasse 418; la maîtresse devait être prise aux termes de la donation (27 juin 1711) dans la communauté établie faubourg Saint-Germain par l'abbé Bailly; le maître devait être nommé par lui, puis par ses neveux, et ensuite par le séminaire de Saint-Nicolas-du-Chardonnet.

4. Bibl. de l'Arsenal, arch. de la Bastille, 10183. Lettres de Maurepas à l'abbé Vivant des 18 mars et 21 avril 1729, et *Nouvelles ecclésiastiques*, 1753, p. 35, 37, 52, 146.

5. Hurtaut et Magny, *ouvr. cité*, t. IV, p. 587.

Ce sont des sœurs de paroisse, soumises à l'autorité du curé, qui donnaient l'instruction sous le nom de Sœurs de Saint-Anne aux pauvres filles de la paroisse Saint-Roch. Elles n'avaient ni clôture, ni grille, ni chapelle, ni cimetière, assistaient aux offices de la paroisse, selon les conditions imposées par leurs fondateurs, M. et Mme de Frémont[1]. Les postulantes reçues d'abord avec l'agrément de M. de Frémont, puis de sa fille, la maréchale de Lorges, furent ensuite choisies par le curé de Saint-Roch. Ces filles portaient simplement un habit en serge de Saint-Lô avec une coiffe de taffetas, des bonnets noirs pour cacher leurs cheveux, un mouchoir de col en taffetas et dessous une gorgerette. Elles tenaient à la fois un ouvroir et une école répartie en trois classes : la petite, où l'on apprenait à lire et à écrire; la grande, où l'on enseignait l'orthographe et l'arithmétique; enfin la classe des « passagères », pour les plus pauvres qui ne pouvaient se rendre aux instructions quotidiennes.

Dans la paroisse Saint-Étienne-du-Mont, les écoles de charité pour les filles étaient tenues par les Filles de Sainte-Geneviève ou Filles noires, qui occupaient une maison « dans le carré de l'abbaye de Sainte-Geneviève au-dessus et attenant le collège de l'Ave-Maria »[2]. Elles étaient locataires de l'abbaye, qui avait droit de direction sur leur communauté. Elles avaient été fondées en 1669 par le R. P. Paul Beurrier, ancien curé de Saint-Étienne-du-Mont, puis abbé de Sainte-Geneviève[3], lequel avait reçu pour cette fondation divers dons de personnes pieuses. Leur mission était d'apprendre à lire, à écrire, « travailler en ouvrages » et de former des maîtresses d'école pour la campagne. Elles n'étaient au début que trois dames, filles et veuves, dont la supérieure était demoiselle Véronique Tabourin, veuve de l'avocat Couvrechef, mais petit à petit elles aug-

1. *Règlement pour la communauté des Filles établies pour l'instruction des pauvres filles de la paroisse Saint-Roch, approuvé par l'archevêque de Paris et registré en Parlement le 28 février 1687* (Paris, Ch. Ballard, rue Saint-Jean-de-Beauvais, au Mont-Parnasse, impr. et ms. Maz. 3309).

2. Voir bail du 31 juillet 1692 et du 22 juillet 1743 concernant une maison attenante à la première (Arch. nat., S. 7048-50).

3. Les lettres d'établissement sont du 17 juin 1669; le contrat de fondation du 27 mars 1670; les lettres patentes d'autorisation d'avril 1677, registrées au Parlement le 23 mai 1678 (Bibl. de la Ville de Paris, ms. 186, nouv. acq., fol. 403 à 474).

mentèrent leur nombre, devenu insuffisant, grâce à diverses donations[1]. Elles ouvrirent aussi une classe « bourgeoise » dont le prix variait de 3 à 4 livres par mois et qui leur rapportait 572 livres en 1754 et 1,769 livres en 1764[2]. Suspectées de jansénisme au XVIIIe siècle, avec le curé Blondel leur supérieur, elles durent subir la direction du P. Menessier, chanoine régulier de Sainte-Geneviève, puis du curé Bouëttin, qui « expurgea les écoles »[3].

Dans la paroisse Saint-Sulpice, l'instruction gratuite se donnait pour les garçons dans les écoles de la rue Princesse, tenues jusqu'en 1688 par un prêtre de la paroisse, et de la rue Notre-Dame-des-Champs (rue du Bac), dirigées par les Frères des Écoles chrétiennes, dits de Saint-Yon, appelés en 1688 par le curé, M. de la Barmondière. Le cardinal de Bissy, abbé de Saint-Germain-des-Prés, donna, en 1735, à la fabrique de la paroisse une somme de 116,305 l. 19 s., soit une rente annuelle de 2,316 l. 13 s. 4 d.[4] pour augmenter le nombre des Frères. Ces nouvelles écoles se trouvaient installées dans la maison dite du « Saint-Esprit », acquise en 1722, à qui vint se joindre plus tard, en 1731, une portion de jardin, rue de Vaugirard, donnée par Mlle Dagarat, bienfaitrice des orphelines de la Mère-Dieu[5]. Enfin, en 1754, aux douze frères entretenus sur la fondation du cardinal de Bissy, M. Dulau d'Allemans, curé de Saint-Sulpice, en ajouta un treizième[6].

Pour les filles, l'instruction gratuite était donnée par la communauté des Filles de l'Instruction chrétienne, établie par lettres

1. Catherine Dubuisson « fonda » deux sœurs par testament du 11 avril 1729; la demoiselle Menessier, dont le frère était chanoine régulier de Sainte-Geneviève, curé et supérieur des écoles, légua 8,000 livres en 1743 (Arch. nat., S. 3324).

2. Arch. nat., L. 1062.

3. *Nouvelles ecclésiastiques*, 1744, p. 13-16, 57-64, 69-71. Voir aussi Pinet, *les Tribulations d'un curé de Paris au XVIIIe siècle; Bouëttin, curé de Saint-Étienne-du-Mont*. Paris, 1896, 1 br. in-8°.

4. Contrat du 30 juillet 1735; donation acceptée par les Frères le 14 janvier 1736 (Arch. nat., S. 7046-47).

5. Elle leur légua le reste de sa maison rue de Vaugirard (30 septembre 1731).

6. Le curé de Saint-Sulpice entretenait également trois frères logés et nourris au Gros-Caillou moyennant 1,158 livres par an (Arch. nat., L. 963. *Mémoire historique et détaillé des établissements des Frères des Écoles chrétiennes dans le ressort du Parlement de Paris*).

patentes de septembre 1657, registrées au Parlement le 13 février 1662, pour enseigner gratuitement pendant trois ans les pauvres filles de la paroisse et leur apprendre un métier. Elles fournissaient même la soupe à la plupart des enfants, ce qui prouve que nos cantines scolaires étaient déjà en honneur[1].

D'abord modestement installées dès 1663 rue du Vieux-Colombier, dans la maison du « Bas-Relief », donnée par M. Langélé, bourgeois de Paris, et sa femme, puis rue du Gindre, dans une maison donnée en 1669[2] par Mme Rousseau et revendue le 13 août 1743, elles achetèrent en avril 1738 pour 130,000 livres une grande maison rue du Pot-de-Fer à M. Aunillon, président en l'élection de Paris. Cette maison, bâtie par François Pingré, seigneur de Farinvilliers, avait été léguée[3], en 1705, par lui et sa femme à l'Hôpital général, qui l'avait revendue en 1718 pour satisfaire aux nombreuses obligations du legs[4]. Elle avait appartenu successivement à M. Compagnon de Vareppe, à l'abbé de Raphaëlix, à la comtesse de Verrüe, etc. Voisine de l'hôtel d'Elbeuf, faisant le coin de la rue du Pot-de-Fer et de la rue de Vaugirard, elle avait une entrée avec porte cochère en face la rue Honoré-Chevalier et se composait de plusieurs corps de logis et de jardins auxquels les religieuses ajoutèrent encore de nouvelles constructions qui les endettèrent; elles prirent alors des élèves payantes, louèrent des appartements, pour rembourser leurs créanciers, et leur établissement perdit peu à peu son caractère de pension gratuite et d'instruction populaire.

Dans la paroisse de Saint-Sulpice se trouvait également la maison de la Mère-Dieu, rue du Vieux-Colombier, qui recevait environ quarante orphelines jusqu'à leur apprentissage.

1. Règlement du 22 août 1657 (Arch. nat., S. 7046-47).

2. Marie de Gournay, veuve de David Rousseau, l'un des marchands de vin du roi, mourut le 4 août 1688; la maison ne se composait alors que de cinq ou six femmes, ne faisant point de vœux, et régie par une des maîtresses appelée « sœur aînée ». A l'époque de la Révolution, il y avait seize religieuses professes et sept religieuses converses.

3. Le testament de Fr. Pingré est du 15 novembre 1705; il léguait 500 livres aux orphelines de la Mère-Dieu, 1,000 livres à l'hôpital de la Charité, 12,000 livres aux Filles de la charité du faubourg Saint-Denis, diverses sommes à des hôpitaux de province, entre autres celui de Gayette (Allier), etc. (Arch. nat., S. 7046-47).

4. Acte de vente du 18 juin 1718 (Ibid.).

Les lettres patentes d'autorisation avaient été obtenues en mai 1678 par le curé Raguier du Poussé, successeur d'Olier[1]. C'est dans cet établissement, supprimé en 1791, que le ministre de l'Intérieur Chaptal autorisa, par décret du 1er nivôse an IX, la citoyenne Delau, ci-devant supérieure des Filles de la Charité, à former des élèves « pour le service des hospices », créant ainsi, — mais sans succès alors, — la première école d'infirmières dont il soit question au XIXe siècle.

Un prospectus imprimé du curé de Saint-Sulpice, daté du 1er décembre 1697[2], énumère ainsi les écoles de sa paroisse : 1° rue du Gindre, école des Filles de l'Instruction chrétienne; 2° rue du Vieux-Colombier, orphelines; 3° rue Saint-Placide, deux classes de filles et quatre classes de garçons; 4° rue de Vaugirard, au delà de la barrière, deux classes de filles (école de Sainte-Thècle); 5° rue de Grenelle, deux classes de filles (Sœurs Saint-Thomas-de-Villeneuve); 6° à la Grenouillère, deux classes de filles (école Saint-Pierre); 7° rue de Bourbon, près le Pont-Royal, deux classes de garçons; 8° rue de Seine, deux classes de filles; 9° rue Princesse, quatre classes de garçons; en tout plus de 2,000 enfants élevés gratuitement et gratifiés de livres et de fournitures scolaires.

Dans la paroisse Saint-Louis-en-l'Ile, les écoles de charité furent longtemps tenues par les Filles de l'Union chrétienne, fondées par Anne de Croze, l'une des collaboratrices de Vincent de Paul et des associées de Mme Polallion[3]. Avant d'aller s'établir dans l'hôtel de Saint-Chaumond, elles avaient, tout en conservant leur maison de Charonne, été appelées en 1666 dans la paroisse Saint-Louis où elles restèrent une quarantaine d'années. Elles partirent au début du XVIIIe siècle, à la suite de difficultés avec le curé et les marguilliers[4], et furent remplacées par les Filles de la Charité.

---

1. Arch. nat., L. 770, et P. Fromageot, *la Maison des orphelines de la rue du Vieux-Colombier*, dans le *Bulletin de la Société historique du VIe arrondissement*, t. II, 1899, p. 53-61.

2. Arch. nat., G8 728.

3. *Anne de Croze, fondatrice de la congrégation des Filles de l'Union chrétienne.* Chartres, 1906, 1 brochure in-8°, 20 p., et Arch. nat., L. 1056, Vie d'Anne de Croze, ms. 1751, 144 p.

4. Bibl. nat., Joly de Fleury 2223, fol. 26, 30, 32, 46, 52, 111. Divers factums pour les Filles de l'Union chrétienne contre le curé de Saint-Louis-en-l'Ile, Jacques Luillier, et les marguilliers (1698-1700).

Voici d'ailleurs la liste des écoles de charité à Paris par quartiers d'après le *Tableau de Paris* publié en 1765 (p. 126) :

Quartiers	Paroisses	Écoles de Garçons	Écoles de Filles
I. La Cité.	St-Barthélemy.	1 (laïcs)	1 (sœurs)
	St-Landry.	1 (laïcs)	
	Madeleine.		
	Ste-Croix.	1	
	Ste-Marine.		
	St-Pierre-aux-Bœufs.		
	St-Louis.	2	1
II. St-Jacques-de-la-Boucherie.	St-Jacques-de-la-Boucherie.	1 (laïcs)	
III. Ste-Opportune.	Id.		
IV. St-Germain-l'Auxerrois.	St-Germain-l'Auxerrois.	1	1
V. Palais-Royal.	St-Roch.	2	1 (Dames de Sainte-Anne)
	La Madeleine-de-la-Ville-l'Évêque.	1 (frères)	
	St-Pierre-de-Chaillot.	1 (laïcs)	
VI. Montmartre.	(Voir St-Eustache.)		
VII. St-Eustache.	St-Eustache.	4	4
VIII. Les Halles.	Les Sts-Innocents.	1	
IX. St-Denis.	St-Leu.	1 (prêtres)	1 (sœurs)
	St-Sauveur.	1 (prêtres)	1 (sœurs)
	St-Laurent.	1	
X. St-Martin.	St-Merry.	1	1
	St-Nicolas-des-Champs.	1 (laïcs)	
XI. La Grève.	St-Jean.	1 (laïcs)	
	St-Gervais.	4	2
XII. St-Paul.	St-Paul.	3	3
XIII. Ste-Avoye.	(Voir les mêmes paroisses que ci-dessus.)		
XIV. Le Temple ou le Marais.			
XV. St-Antoine.	Ste-Marguerite.	1	1
XVI. Place Maubert.	St-Nicolas-du-Chardonnet.	2	1
	St-Médard.	1	1
	St-Hippolyte.	1	1
	St-Martin.	1 (laïcs)	1 (sœurs)
XVII. St-Benoit.	St Benoit.	1 (laïcs)	1 (sœurs)
	St-Étienne-du-Mont.	1 (frères)	1 (sœurs)
	St-Hilaire.	1 (laïcs)	1 (laïques)
	St-Jacques-du-Haut-Pas.	1	
XVIII. St-André-des-Arts.	St-André-des-Arts.	1 (laïcs)	1 (sœurs)
	St-Séverin.	1 (prêtres)	1 (sœurs)
XIX. Luxembourg.	(Voir paroisse St-Sulpice).		
XX. St-Germain-des-Prés.	St-Sulpice.	4 (frères)	3 (sœurs)

En dehors des congrégations qui passaient des contrats avec les curés et les fabriques pour fournir aux écoles paroissiales des maîtres et des maitresses, diverses communautés tenaient des classes gratuites d'externes, la plupart du temps concurremment avec des classes payantes de pensionnaires.

De ce nombre sont les Filles de la Croix, fondées par Mme de Villeneuve (Marie l'Huillier), l'une des amies de Mme de Chantal, établies d'abord à Vaugirard en 1641, puis en 1643 rue Saint-Antoine, cul-de-sac Guéménée, dans la paroisse Saint-Paul[1], et qui desservirent au début l'hôpital de la Pitié[2].

Les Ursulines du faubourg Saint-Jacques, établies depuis 1612 par Mme de Sainte-Beuve[3], veuve d'un président au Parlement de Paris, tenaient, en même temps que des classes payantes, des écoles gratuites. On lit dans la requête qu'elles adressèrent en 1783 à la commission de secours aux communautés religieuses[4] : « ... Dans cette triste position, les suppliantes osent solliciter vos bontés. Elles les demandent avec d'autant plus de confiance que l'état où elles se trouvent réduites ne peut être attribué à leur mauvaise gestion et que, consacrées à l'intérêt public par l'éducation d'un grand nombre de demoiselles dans leurs classes et par les écoles de charité qu'elles tiennent pour les pauvres, il semble qu'elles pourraient mériter davantage de votre part un regard favorable sur leurs besoins. »

Dans le quartier Saint-Victor, les Miramiones, au quai de la Tournelle, avaient trois classes externes gratuites de cinquante enfants chacune[5], et donnaient en même temps leurs soins aux malades et aux blessés.

Au grand Charonne, on enseignait gratuitement aussi chez les Filles de l'Adoration perpétuelle du Saint-Sacrement, fon-

1. Elles étaient protégées par la duchesse d'Aiguillon et par Mme de Traversé (Anne Pétau). Abelly, *Vie du vénérable serviteur de Dieu Vincent de Paul*. Paris, 1664, in-4°, p. 176.

2. Abbé Maynard, *Saint Vincent de Paul*. Paris, 1860, 3 vol. in-8°, t. III, p. 483.

3. H. de Leymont, *Mme de Sainte-Beuve et les Ursulines de Paris (1562-1630). Étude sur l'éducation des femmes en France au XVIIe siècle*. Lyon, 1890, in-8°.

4. Arch. nat., G9 654. Les Ursulines, d'après l'arrêt du 2 septembre 1679, étaient exemptes pour leurs écoles de la juridiction du chantre (Combes, *Recueil tiré des procédures civiles faites en l'officialité de Paris*. Paris, 1705, 2 vol. in-fol.). — Les Ursulines de la rue Saint-Avoie avaient également un bâtiment pour les écoles gratuites (Arch. nat., S. 4764).

5. Arch. nat., S. 3662. Mémoire du 8 avril 1729.

dées en 1687 par Mme Chanlatte, veuve du procureur à la Cour Le Maire[1].

A la Villette, les Filles de la Sainte-Famille, dites du Sacré-Cœur, installées en 1745, prétendent à la Commission des loteries en 1783 qu'elles instruisent[2] gratuitement plus de cent enfants pauvres.

On donnait l'instruction gratuite chez les Filles de la Congrégation Notre-Dame, établies rue Neuve-Saint-Étienne depuis 1673, dans une maison dite « hôtel de Montauban », que leur avait léguée Imbert Porlier, recteur de l'Hôpital général[3]. Elles occupaient auparavant une maison près de l'hôtel de Guise, fondée en 1634, au moment où essaimaient par toute la France les disciples de Pierre Fourier, curé de Mattaincourt, en Lorraine[4]. Les *Constitutions* données aux Sœurs de la Congrégation de Notre-Dame datent de 1640, mais, dès 1617, il avait écrit les « petites constitutions », ébauche de son œuvre d'enseignement primaire, et, dès 1615, il avait envoyé Alice Leclerc passer deux mois à Paris chez les Ursulines de la rue Saint-Jacques pour s'y instruire de leurs méthodes. Son œuvre avait dévié, et les religieuses fondées pour l'instruction des pauvres n'avaient plus à Paris qu'un pensionnat payant comme tant d'autres. Cependant, elles avaient conservé, pour obéir à leurs *Constitutions*, une classe gratuite, ainsi que nous le rapporte dans ses *Mémoires*[5] une de leurs élèves, entrée le 7 mai 1765, Manon Phlipon, la célèbre Mme Roland : « La maison était honnête, l'ordre peu austère : les religieuses passaient pour n'avoir point de ces excès, de ces mômeries qui caractérisaient leur plus grand nombre; elles tenaient des

---

1. Arch. nat., S. 4758, et *Dictionnaire* d'Hurtaut et Magny, t. III, p. 243.

2. Elles reçurent un secours de 6,000 livres (Arch. nat., G9 654).

3. Arch. nat., S. 4639. Elles acquirent une maison voisine en 1682 et firent bâtir une chapelle bénie en 1688. La rue Neuve-Saint-Étienne devint la rue Rollin et, depuis 1867, la rue de Navarre, dans la partie qui se trouve à gauche de la rue Monge.

4. Léonce Pingaud, *Saint Pierre Fourier*. Paris, 1898, in-12, avec bibliographie donnant l'indication d'une partie des nombreuses vies de P. Fourier. Voir aussi P. Renouard, *Saint Pierre Fourier et Cl. Fourier; contribution à l'étude des origines de la mutualité*. Paris, 1904, in-8° (thèse de droit).

5. *Mémoires de Mme Roland*, éd. Ravenel. Paris, 1840, in-8°, t. I, p. 28.

écoles d'externes ou d'enfants du peuple qu'elles enseignaient gratis pour accomplir leurs vœux... »

Les Sœurs de Saint-Thomas-de-Villeneuve, établies rue de Sèvres à Paris depuis 1698[1], élevaient des orphelines. Fondées à Lamballe par le P. Ange Leproust, de l'ordre des Ermites de saint Augustin, pour le service des hôpitaux, elles avaient de bonne heure ajouté à leurs attributions l'éducation et l'apprentissage des jeunes orphelines. Les lettres patentes de mars 1671, enregistrées au parlement de Bretagne, leur accordaient l'autorisation de s'établir dans diverses villes de cette province « pour y exercer toutes sortes d'œuvres de charité pour le secours et le soulagement des pauvres, l'instruction et l'éducation des petites filles orphelines à la piété chrestienne, à leur apprendre à faire des ouvrages de leurs mains pour les mettre en état de gagner leur vie ». Elles tenaient une école gratuite de filles dans leur maison de la rue de Sèvres[2].

A côté des demoiselles d'extraction noble, on élevait également des filles du peuple, à titre gratuit, à la maison royale de l'Enfant-Jésus, fondée par le curé de Saint-Sulpice, Languet de Gergy; elle devait son titre à la protection de la reine Marie Leczinska[3], qui avait obtenu en sa faveur les lettres patentes de décembre 1751, enregistrées le 24 juillet 1752. Dans un mémoire adressé à Louis XV, en 1747, le curé de Saint-Sulpice donne des renseignements détaillés sur cette « maison de pension », achetée par lui 86,100 livres en 1732[4], mais louée dès 1724, et qui se trouvait entre les chemins de « Sèves » et de Vaugirard, avec entrée sur la rue de Sèvres. D'accord avec le

---

1. Ce n'est toutefois qu'en 1711 que des lettres patentes leur accordèrent une existence légale à Paris (L. Lambeau, *le Couvent des Hospitalières de Saint-Thomas-de-Villeneuve*, annexe aux *Procès-verbaux de la Commission du Vieux-Paris* du 25 mai 1907).

2. Hurtaut et Magny, *ouvr. cité*, t. IV, p. 578, et Sauval, *Antiquités de Paris*, t. I, p. 658. Ce sont elles également qui dirigeaient depuis 1754 la maison des orphelines de l'Enfant-Jésus ou de la Mère-de-Pureté, cul-de-sac des Vignes (rue des Postes), unie le 30 brumaire an III aux orphelines de la rue de Sèvres (Arch. nat., S. 7051, et arch. de l'Assistance publique).

3. *Mémoires du duc de Luynes*, t. XI, p. 280, 391.

4. Jaillot, *Recherches sur Paris*, 1775. T. V : *Quartier du Luxembourg*, p. 93.

cardinal de Noailles, son attention avait été attirée sur quelques pauvres filles de sa paroisse, « demoiselles de noble extraction » et filles du peuple, qui se trouvaient dans la misère et dont il avait confié l'instruction aux Sœurs de Saint-Thomas-de-Villeneuve.

Les femmes du peuple admises se composaient de trois catégories : les femmes âgées et trop vieilles pour apprendre un métier et occupées à de menus travaux; d'autres plus robustes occupées à de gros ouvrages; enfin, et c'est cette catégorie qui nous intéresse, de petites filles susceptibles de recevoir une certaine instruction et l'apprentissage d'un métier. « On les occupe, entre autres travaux, à filer le coton pour la mousseline et autres toiles de coton[1], à filer de beaux fils pour servir à fabriquer des toiles aussi belles que celles de Hollande et de Frise et à faire des fils aussi fins et aussi beaux que ceux de Malines, ce qui est un avantage pour le royaume et empêche l'argent de passer aux pays étrangers, aussi bien que les broderies auxquelles les demoiselles s'appliquent : elles en font d'aussi belles que l'on en puisse trouver tant à Constantinople qu'en Perse et dans le Mogol. On a trouvé le moyen, par les soins du suppliant [Languet de Gergy], d'avoir les soyes des Indes propres à ces ouvrages et la manière de les travailler comme on le fait dans ces pays étrangers, et les demoiselles de l'Enfant-Jésus y réussissent au plus parfait, comme il est notoire pour les ouvrages qu'elles ont eu l'honneur de présenter à la cour, à la Royne et à Mme la Dauphine[2]. »

On voit par ces détails qu'il s'agit surtout d'une école professionnelle; mais les filles du peuple devaient également assister à des instructions sur leurs devoirs et sur la religion[3].

Les jeunes apprenties recevaient une rétribution propor-

---

1. Le curé Faydit de Terssac organisa aussi dans les écoles de charité de garçons des filatures de « soies galettes », selon le procédé secret du sieur Duperron et de la veuve Pallouis, servant à la fabrication des velours et des ras de Saint-Cyr; on donnait aux enfants à dîner, à souper et 20 s. par semaine (*Ordre d'administration pour le soulagement des pauvres de la paroisse Saint-Sulpice*. Paris, 1777-78, 2 tomes en 1 vol. in-12).

2. Arch. nat., G⁹651. C'est dans cette maison que furent faits les premiers essais du procédé secret inventé par Mlle de Grandville pour l'affinage du chanvre (A. Tuetey, *l'Assistance publique à Paris pendant la Révolution*, 4 vol. in-4°, t. II, p. 577).

3. P. Fromageot, *Écoles gratuites et institutions charitables de la paroisse*

tionnée à leurs travaux et la nourriture de la journée sans le logement. Quant aux demoiselles nobles, dont le nombre était fixé à seize, elles étaient logées, nourries et entretenues gratuitement. Elles pouvaient rester dans la maison de sept à dix-neuf ans.

C'était en réalité une maison paroissiale, bien que dirigée par les Sœurs de Saint-Thomas-de-Villeneuve, puisque celles-ci ne devaient s'attribuer aucun droit sur ses biens et revenus ni accepter aucun don et legs et se contentaient de tenir les comptes. Elle était dotée par le legs universel de Languet de Gergy[1] et par 6,000 livres de rente données par Mme la marquise de Lassay[2], bienfaitrice de l'hôpital de la Charité et de l'Hôpital général, puis par les donations de J.-J. Languet de Gergy, archevêque de Sens, le 17 mars 1752, enfin par le legs de 300,000 livres, en 1761, de M. Jannel, intendant des postes, ami du curé de Saint-Sulpice[3].

L'établissement était dirigé par un bureau de six administrateurs, tant ecclésiastiques que laïcs, suivant une forme de fondation que nous avons plus d'une fois rencontrée[4]. C'étaient, en 1789, outre l'archevêque de Paris et le curé de Saint-Sulpice, M. le baron d'Ogny, l'abbé Bertin, M. Thiroux de Monregard, M. Vidand de la Tour-Desjobert, Me Bro, notaire, et le baron de Breteuil.

La maison avait perdu de son importance à la fin de l'ancien régime. Il n'y avait plus en 1790 que trente-cinq à trente-six fileuses qui recevaient une petite rétribution en argent, le pain et le bouillon et coûtaient 4,000 livres, vingt-six demoiselles

---

Saint-Sulpice aux XVIIe et XVIIIe siècles (*Bulletin de la Société historique du VIe arrondissement*, t. II, 1899, p. 118-134).

1. Il quitta la cure de Saint-Sulpice le 19 novembre 1748. A la suite de la création de la maison de l'Enfant-Jésus, le cardinal de Fleury lui aurait offert de le nommer intendant général de tous les hôpitaux du royaume.

2. Donation de 250,000 livres.

3. Arch. de l'Assistance publique, fonds nouveau, 53 pièces.

4. Ces administrateurs, choisis parmi les notables de la paroisse, et qui se réunissaient tous les quinze jours soit à l'archevêché, soit à la maison de l'Enfant-Jésus, étaient, en 1751, de la Grandville, conseiller d'État, l'abbé de la Vigière, le marquis de Saché, Jannel, contrôleur général des postes, Roger, notaire, et Maupassant, procureur en Parlement. Lettres patentes de 1751 (arch. de la Congrégation de Saint-Thomas-de-Villeneuve; cité par L. Lambeau, *la Maison royale de l'Enfant-Jésus*, 1907, in-4°).

nobles occasionnaient une dépense de 15,600 livres; il y avait neuf sœurs chargées du soin et de l'éducation des jeunes filles[1].

Sur avis de la commission des secours publics, dans son rapport du 6 brumaire an III (27 octobre 1794) constatant « la mesquine aumône » faite aux pauvres femmes et filles qui y travaillaient toute une journée pour une soupe, une livre et demie de pain et 3 sols, l'établissement fut fermé par décret de la Convention du 16 brumaire an III[2] (16 novembre 1794) en même temps que la congrégation des Miramiones, qui avait été provisoirement conservée, comme elle, à titre d' « hospice de santé et comme maison d'enseignement et de charité ».

La maison de l'Enfant-Jésus, devenue bien national, fut d'abord mise à la disposition de l'administration des poudres et salpêtres, qui en fit un dépôt de charbon, puis, le 23 messidor (11 juillet 1795), affectée à l'hospitalisation des orphelins et orphelines de Paris[3].

Il existait aussi, dans la plupart des paroisses, des écoles d'enfants de chœur considérées comme des œuvres charitables. Enfants de familles pauvres ou modestes, ils recevaient généralement une éducation très soignée et une dot d'apprentissage en se retirant. Ceux de Notre-Dame avaient même une situation privilégiée et, après un certain nombre d'années, pouvaient obtenir un « bénéfice »; ils étaient au nombre de douze[4]. Dans le quartier de la Cité, nous trouvons en 1765[5] six enfants de chœur à Saint-Barthélemy, quatre à la Madeleine, deux à Sainte-Marine, deux à Sainte-Croix, deux à Saint-Pierre-aux-Bœufs, quatre à Saint-Germain-le-Vieil, quatre à l'Hôtel-Dieu, quatre

1. Voir déclaration des biens faite le 27 février 1790 par Marguerite de Molières, supérieure de la maison, devant B.-J. Le Couteulx de la Noraye, lieutenant de maire au département du domaine de Paris (Arch. nat., S. 7051).

2. Arch. nat., C. 322, n° 1367. Les ex-religieuses reçurent une pension de 200 livres en vertu des lois des 14 octobre 1790 et 18 août 1792.

3. Arch. de l'Assistance publique et L. Lambeau, *la Maison royale de l'Enfant-Jésus, actuellement hôpital des Enfants-Malades*, dans *Procès-verbaux de la Commission du Vieux-Paris*, 1907, in-4°, annexe.

4. Abbé F.-L. Chartier, *le Chapitre et l'ancienne maîtrise de Notre-Dame*. Paris, 1903, in-12, p. 161, et Arch. nat., LL. 297. État et règlement de la dépense de la maison des enfants de chœur de l'Église de Paris.

5. *État ou tableau de la ville de Paris*, nouvelle édit. Paris, 1765, in-12, p. 126.

à Saint-Pierre-des-Arcis. Dans la plupart des grandes paroisses, ils sont au nombre de six, à Saint-Louis-en-l'Ile, à Saint-Jacques-de-la-Boucherie, à Sainte-Opportune, à Saint-Germain-l'Auxerrois, à Saint-Honoré, à Saint-Roch, à Saint-Leu, à Saint-Séverin, etc.; on en comptait même huit à Saint-Paul et douze à Saint-Louis-des-Invalides. Ils ont un maître de musique et un maître de latin; quand ils ont fini leur temps, généralement six ans, on leur paye leur apprentissage dans un métier, quelques-uns embrassent l'état ecclésiastique. Quant aux huit enfants de chœur de la Sainte-Chapelle, c'est le roi lui-même qui paye leur éducation.

Mentionnons encore les écoles établies en faveur des Savoyards et de tous les jeunes provinciaux connus à Paris sous cette dénomination. Nous trouvons en 1732 une école gratuite fondée par M. de Vallière, curé de Saint-Benoît, continuée par l'abbé de Pontbriand de 1735 à 1743, rue Saint-Étienne-des-Grés[1], dans l'ancien collège de Lisieux, où ils apprennent à lire et à écrire et où on leur donne des récompenses « proportionnées à leur zèle et à leur exactitude. » On leur fait également le catéchisme à six heures du soir. Il s'agit, en réalité, d'un groupement régionaliste comme il en existe un grand nombre dans le Paris moderne. « Ils forment, nous dit Mercier[2], une espèce de confédération qui a ses loix. Les plus âgés ont droit d'inspection sur les plus jeunes... Ils parcourent les rues depuis le matin jusqu'au soir, le visage barbouillé de suie, les dents blanches, l'air naïf et gai; leur cri est long, plaintif et lugubre... Il est bien cruel de voir un pauvre enfant de huit ans, les yeux bandés et la tête couverte d'un sac, monter des genoux et du dos dans une cheminée étroite et haute de 50 pieds; ne pouvoir respirer qu'au sommet périlleux; redescendre comme il est monté... et vous demander 5 sols pour prix de son danger et de ses peines. »

Ils n'habitaient pas tous dans le même quartier; ceux de l'évêché de Genève, les plus nombreux, habitaient le faubourg Saint-Marceau; ceux de Saint-Jean-de-Maurienne, le faubourg Saint-Laurent; ceux de Tarentaise, dans le Marais. Des réunions semblables à celles de Saint-Benoît s'établirent à Saint-

1. *Tableau de Paris*, 1765, p. 133; *Dictionnaire* d'Hurtaut et Magny, t. II, p. 693, et V. Delaporte, *Une œuvre ouvrière sous l'ancien régime, les petits ramoneurs*. Paris, 1900, in-18.

2. Mercier, *Tableau de Paris*, 1783, 8 vol. in-12, t. IV, p. 59.

Merry pour les Savoyards du Marais, au séminaire des Missions étrangères pour ceux du faubourg Saint-Germain, à Saint-Sauveur pour ceux du faubourg Saint-Laurent, de la place des Victoires et de la Porte-Saint-Martin. Puis des missionnaires étendirent cette œuvre aux Auvergnats, aux Limousins, aux Lyonnais, aux Normands[1]. Une nouvelle « réunion » fut établie dans la paroisse de la Madeleine-de-la-Ville-l'Évêque.

A la fin du XVIIIe siècle, depuis la création d'une « régie » pour le ramonage des cheminées, le nombre des Savoyards avait beaucoup baissé.

L'œuvre des Savoyards fut restaurée après la Révolution et le Conseil général des hospices lui concéda même gratuitement un immeuble domanial, 58, rue de Sèvres[2]. Elle avait cessé d'exister en 1833.

Les hôpitaux, enfin, instruisaient leurs orphelins. Aux Enfants-Rouges, rue du Grand-Chantier, où l'on recevait les enfants dont les parents étaient en traitement à l'Hôtel-Dieu, l'instruction avait d'abord été confiée à deux ecclésiastiques qui leur apprenaient l'écriture et le plain-chant; ils les conduisaient aussi aux convois des paroisses où ils figuraient, moyennant une rétribution, avec leurs robes de drap rouge. Mais, au milieu du XVIIIe siècle, en 1754, cette coutume fut supprimée comme plus onéreuse que profitable pour l'établissement, à cause de l'entretien des robes et des souliers. En 1754, un maître laïque fut désigné pour apprendre aux enfants le plain-chant et l'écriture. En 1765, leur nombre fut réduit de quatre-vingts à soixante; l'un des deux ecclésiastiques fut supprimé et un règlement fut adopté en 1769 pour les écoles d'écriture, de lecture et de plain-chant[3]. En vertu de ce règlement, les enfants étaient retenus dans les classes pendant quatre heures le matin et autant le soir, ce qui parut bientôt excessif et per-

1. Les Savoyards sont décroteurs, scieurs de bois et ramoneurs; les Limousins, maçons; les Normands, tailleurs de pierre, paveurs et marchands de fil; les Flamands et Allemands, tailleurs d'habits; les Languedociens et les Basques, cordonniers; les Gascons, barbiers, perruquiers et chirurgiens (Hurtaut et Magny, *op. cit*, t. II, p. 695).

2. Arch. de l'Assistance publique, arrêté du Conseil général des hospices du 7 août 1816.

3. Les maîtres d'école des Enfants-Rouges étaient, comme ceux des écoles de charité, exempts de la juridiction du chantre (Combes, *ouvr. cité*, t. II, certificat de 1681).

nicieux pour leur santé. Un nouveau règlement, adopté en 1772[1], réduisit ainsi les heures : de Pâques à la Toussaint, le matin : lecture de huit heures à neuf heures et demie ; écriture de neuf heures et demie à dix heures et demie ; plain-chant de dix heures et demie à onze heures et quart. L'après-midi : lecture de deux heures à trois heures et demie ; goûter de trois heures et demie à quatre heures ; écriture de quatre heures à cinq heures. De la Toussaint à Pâques, la lecture ne commençait qu'à huit heures et demie le matin, mais à une heure et demie l'après-midi. L'établissement fut d'ailleurs supprimé peu après, et réuni à l'hôpital des Enfants-Trouvés. Les locaux furent occupés, de 1777 à 1790, par les Pères de la Doctrine chrétienne[2].

La Pitié recevait non seulement les enfants pauvres de cinq à douze ans amenés par leurs parents, mais les enfants « sans aveu » admis sur procès-verbaux des commissaires de la Ville ; aussi ne faut-il pas s'étonner du grand nombre « d'enfants viciés tant au moral qu'au physique » qui s'y trouvaient réunis, ce qui faisait dire à l'auteur du rapport sur le régime de la maison adressé au département des hôpitaux le 7 mai 1790 qu'elle était « comme l'égout des hospices particuliers des paroisses »[3]. Au point de vue de l'instruction, ces enfants étaient divisés en petites classes, où l'on apprenait les premiers éléments de la lecture, de l'écriture et de la religion, et en grandes classes, où l'on perfectionnait ces éléments, en y ajoutant l'orthographe et l'arithmétique. Il y avait de plus une autre classe particulière où l'on admettait que les meilleurs sujets des autres classes et où l'on enseignait les éléments du latin et « quelques sciences abstraites » ; son objet était de former des maîtres pour les classes de la Pitié « et même d'en fournir aux campagnes pour l'utilité publique. Ces maîtres, précédemment très difficiles à trouver, lorsque la maison de la Pitié en avait besoin, sont encore très rares à rencontrer dans

1. Ces détails se trouvent dans les registres manuscrits des délibérations du Bureau des Enfants-Trouvés aux arch. de l'Assistance publique. Cf. 2 septembre et 28 novembre 1754, 2 juillet 1769, 10 mars 1772, etc.

2. Ces bâtiments furent abattus en 1800 pour le prolongement de la rue du Grand-Chantier jusqu'à celle de la Corderie (actuellement de Bretagne).

3. Arch. nat., F[15] 1861.

les paroisses de campagne où ils sont de la plus grande nécessité ». Cette classe était confiée à un maître principal qui avait la surveillance des autres maîtres. Il touchait 600 livres; les autres avaient de 120 à 300 livres; enfin les sous-maîtres de 60 à 170 livres, en tout vingt maîtres coûtant 3,880 livres.

Aux filles, dès qu'elles étaient en état de travailler, on apprenait le « tricot de Saint-Marceau », le tricot fin, la lingerie, la couture, le point de France, en même temps qu'à lire, à écrire et à compter. Les contemporains étaient frappés de la mauvaise tenue de ces agglomérations d'enfants, et plus d'un projet fut élaboré pour améliorer leur condition[1].

Le 13 avril 1778[2], le Bureau de l'Hôpital général prit une délibération confiant dix enfants de la Pitié, de père et mère inconnus ou décédés, au chevalier Pawlet [de Pawlet, comme il signe lui-même], pour l'établissement fondé par lui rue Plumet, faubourg Saint-Germain, suivant le plan d'éducation approuvé par le roi dans une lettre du 13 septembre 1776 à M. de Saint-Germain, ministre au département de la Guerre. Pawlet prend l'engagement, suivant les termes de la délibération, « de les vêtir, nourrir et entretenir et de leur faire apprendre un métier relatif aux dispositions qu'ils démontreront, son intention étant de les destiner chacun à l'état que la nature semblera lui indiquer, afin de ne former que des sujets distingués en tous genres, qu'à cet effet il se chargera de les placer en apprentissage chez différents maîtres dont les frais seront à sa charge ». Il demandait seulement, ce qui lui fut accordé, que l'administration, en lui remettant les enfants, les fasse vêtir « d'une robe et d'une culotte d'étoffe de la maison, de deux chemises, d'une paire de souliers neufs et d'une paire remontés, d'un bonnet de laine et de deux mouchoirs »; qu'elle lui assure une pension de 40 livres pendant trois ans pour les enfants pris à l'âge de huit ans, la même pendant deux ans pour ceux pris à l'âge de neuf ans, la même enfin pendant un an pour ceux pris à l'âge de treize, quatorze et quinze ans; qu'elle lui paye enfin 36 livres pour l'ha-

1. Bibl. nat., ms. 8130. Recueil de pièces sur la mendicité. Plan d'éducation pour les orphelins et les enfants des hôpitaux.

2. Arch. de l'Assistance publique. Registre des délibérations de l'Hôpital général et des Enfants-Trouvés, années 1770 à 1782, p. 178-179.

billement de tout enfant qui, après un an, sera sûr de ne plus retomber à la charge de l'hôpital[1].

Traitements; discipline et enseignement.

Si nous avons cru bon de compléter le tableau des écoles de charité par l'indication[2] des écoles gratuites de communautés, d'orphelinats ou d'hôpitaux, nous ne devons pas perdre de vue l'organisation paroissiale à laquelle se limite notre sujet.

Les maîtres d'écoles, qu'ils soient prêtres ou laïcs, sont considérés par le curé comme des instituteurs privés. Ils jouissent à ce titre d'un traitement, le plus souvent fort modeste, d'une chambre au-dessus de l'école et quelquefois dans l'école même transformée en chambre, enfin d'une rétribution pour le chauffage et les fournitures scolaires. Il n'est pas exact de dire que c'est le curé qui les paye. C'est la Compagnie de charité, dans la plupart des cas, mais souvent le curé fournit un appoint; à Saint-Germain-l'Auxerrois, il donne les livres, le papier, les plumes, les bancs et les meubles; à Saint-André-des-Arcs, pour la nouvelle école de garçons fondée en 1780, le contrat porte que les 1,000 livres dues aux deux frères seront ainsi gagées : 506 livres sur le revenu du legs fait par Guillaume, bourgeois de Paris; 590 livres payées par le curé, qui doit faire également verser 200 livres par la Charité de la paroisse et délivrer plumes, papier, encre, livres et bois, « comme il est d'usage de fournir aux écoles de charité »; enfin 160 livres payées par les marguilliers[3].

Ainsi les maîtres des écoles paroissiales furent les premiers à jouir d'un traitement fixe avant les régents de collège rémunérés sur une caisse commune seulement à partir de 1719[4], et qui vivaient auparavant de la rétribution de leurs élèves, comme les maîtres des petites écoles.

Au XVIIIe siècle, dans certaines paroisses, les marguilliers et

1. Voir Arch. nat., F[15] 1318, plan en faveur des orphelins élevés dans les hôpitaux de Paris.

2. A. Franklin, *Dictionnaire des arts, métiers, professions* (Paris, 1905, in-4°), a donné au mot *maîtresses d'écoles* la liste complète des dix-sept écoles conventuelles gratuites qu'il croit avoir fonctionné à Paris.

3. Arch. nat., L. 630, n° 7.

4. En vertu des lettres patentes du 14 avril 1719, cf. M. Targe, *Profes-*

les curés se trouvèrent en opposition pour l'exécution des fondations. Les curés prétendaient en être investis à titre personnel. Les marguilliers et trésoriers des Charités voulaient en administrer le revenu concurremment avec lui[1]. Il arriva même à Saint-Nicolas-des-Champs, en 1765, que les marguilliers nommèrent de leur propre autorité les maîtres de l'école de charité. Le curé aussitôt les destitua et en choisit de nouveaux. La question fut soumise à l'assemblée du clergé, qui donna un avis favorable aux prétentions du curé, soutenu en cette occurrence par le chantre[2] du Chapitre.

Le taux des traitements varie suivant les paroisses, en raison des fondations spéciales faites en faveur des maîtres et maîtresses. D'après l'acte de fondation d'Étienne Gaillard, du 27 juin 1711, pour les écoles de Sainte-Marguerite, au faubourg Saint-Antoine, le maître doit recevoir 420 livres, dont 320 pour sa nourriture et son entretien, 70 pour son logement et 30 pour achat de plumes et livres aux écoliers; la maîtresse 300 livres, dont 210 pour sa nourriture et entretien, 60 pour son logement et 30 pour fournitures scolaires. A Saint-Eustache, en 1773, les maîtres des écoles de garçons de la rue de la Cossonnerie, du Gros-Chenet, du faubourg Montmartre et de la rue Montmartre touchent chacun 492 livres et les maîtresses des écoles de filles, rue Saint-Joseph, aux Porcherons et chez les filles de Sainte-Agnès[3], chacune 442 livres; la Compagnie de charité paye de plus 221 livres au papetier, 44 livres pour l'encre, 253 livres pour les livres et images, 1,200 livres au libraire, 202 livres au relieur, 350 livres au confesseur, 105 livres pour les poêles et 24 livres pour le balayeur; au total 6,628 livres[4].

Les Frères des Écoles chrétiennes sont de même logés et

---

seurs et régents de collège dans l'ancienne Université de Paris. Paris, 1902, in-8°.

1. Mémoire à consulter pour savoir par qui, du curé seul ou des marguilliers ensemble, doivent être administrés dans les paroisses les revenus destinés par les fondations au soulagement des pauvres malades ou honteux ou autres objets semblables. 1er août 1772. Arch. par. Saint-Merry.

2. Arch. nat., G8* 2794, fol. 299. Avis du 4 décembre 1765, signé : Terrasson, Lorget-Bardelin, Vulpian.

3. Voir *Livre des règlements de la communauté de Sainte-Agnès*, in-12, 103 p. Bibl. historique de la Ville de Paris, ms. 1986.

4. *Compte de l'administrateur J.-B. Trudon de Roissy*. Bibl. historique de la Ville de Paris, ms. 26818.

pensionnés par les curés. Les quatorze frères de la paroisse Saint-Sulpice reçoivent 4,592 livres du curé et de la fabrique; les trois frères du Gros-Caillou reçoivent 1,158 livres du curé de Saint-Sulpice en dehors de leur logement; les trois frères de Saint-Étienne-du-Mont, appelés en 1744, sont logés et touchent 900 livres; les six frères de la paroisse de la Madeleine, appelés par le duc de Béthune-Charost en 1757, reçoivent 2,250 livres[1].

Il n'y avait pas l'équivalent de ce que nous appelons une école normale, pour la formation des maîtres et maîtresses, encore que certains esprits en aient senti la nécessité. Seuls les Frères des Écoles chrétiennes avaient, en dehors de leur noviciat, d'abord établi à Vaugirard, puis à Notre-Dame-des-Vertus, près du Luxembourg[2], en 1698, transféré enfin à Charonne en 1703, tenté l'essai d'un séminaire de maîtres d'écoles dans la paroisse de Saint-Hippolyte, en 1699, avec le concours du curé Michel Lebreton[3]. Il se trouvait dans le local de l'école des garçons, rue de Lourcine, et était surtout destiné à préparer des maîtres pour les paroisses suburbaines. Mais, à la suite de difficultés survenues entre J.-B. de la Salle et le frère qui en était le directeur, N. Vayand, cet établissement fut supprimé en 1705.

Dans certaines paroisses, les curés semblent cependant s'être entourés de certaines garanties dans le choix des maîtres, qui ne se fait qu'après délibération de la fabrique. Car les Compagnies de charité qui, au début, choisissaient les maîtres, paraissent bien avoir un peu partout abdiqué en faveur des curés qui dirigent effectivement toutes les œuvres paroissiales. Ceux-ci enfin virent petit à petit, à partir du XVIIIe siècle, leur pouvoir temporel limité par le Parlement, qui approuvait les règlements soit de la Fabrique, soit de la Charité, et paraît même dans certains cas s'être réservé le droit d'approuver la nomination des maîtres choisis dans les assemblées générales de paroisses en vertu de l'art. 25 de l'édit d'avril 1695[4].

1. Arch. nat., L. 963. *Mémoire historique et détaillé des établissements des Frères des Écoles chrétiennes dans le ressort du Parlement de Paris.*

2. C'était l'ancien couvent des Annonciades, alors sans locataire, et qui fut meublé par la générosité de Mme Voisin, veuve du secrétaire d'État, qui resta la bienfaitrice des Frères jusqu'à sa mort en 1714.

3. Arch. nat., L. 655, et Gaston, *Histoire de Saint-Hippolyte*, p. 92.

4. Monin, *État de Paris en 1789*. Paris, 1889, in-8°, p. 107.

Plus qu'aucun autre, le fondateur des Frères, J.-B. de la Salle, eut conscience de la mission sociale des écoles de charité. « Le moyen de remédier à la négligence des parens[1] sera, premièrement, de leur parler, pour leur faire connaître l'obligation qu'ils ont de faire instruire leurs enfans, et le tort qu'ils leur font en les laissant dans l'ignorance; que, faute de savoir lire et écrire, ils ne seront jamais propres à aucun emploi; il faut ensuite leur faire connaître le tort que peut faire à leurs enfans le défaut d'instruction des choses nécessaires au salut, dont les pauvres sont souvent peu touchés. Deuxièmement, comme ces sortes de pauvres sont ordinairement ceux auxquels on fait l'aumône, il faut les faire connaître à Messieurs les curés, afin qu'ils les engagent à envoyer leurs enfans à l'école. Troisièmement, il faut tâcher d'attirer ces enfans et de les gagner par tous les moyens possibles. »

J.-B. de la Salle ne saurait être comparé dans ce souci d'instruire la classe pauvre qu'à Ch. Démia[2], le créateur des écoles de charité de Lyon, qui, dès 1665, avait commencé la rédaction du règlement de ses écoles, alors que de la Salle ne prit l'initiative de son œuvre qu'en 1681.

Il avait défendu à ses Frères d'enseigner même les rudiments du latin, alors que les maîtres des autres écoles, prêtres habitués ou laïcs, ne se privaient pas de « latiniser », au grand émoi des gradués universitaires[3]. « Les Frères, dit-il dans les *Règles et constitutions de l'Institut*, qui auront appris la langue latine n'en feront aucun usage dès qu'ils seront entrés dans la société, et ils s'y comporteront comme s'ils ne la sçavoient point. Ainsi il ne sera permis à aucun frère d'enseigner la langue latine à qui que ce soit, soit dans la maison, soit dehors. Il ne sera pas permis aux Frères de lire aucun livre latin ni dire un seul mot de latin, sans une nécessité absolue et indis-

1. J.-B. de la Salle, *Conduite des écoles chrétiennes*, édit. de 1828, in-12, p. 213.

2. G. Compayré, *Ch. Démia et les origines de l'enseignement primaire*. Paris, 1906, in-12.

3. Voir à ce sujet la polémique de Cl. Joly et d'Edme Pourchot, régent de philosophie au collège des Grassins, qui soutient la cause des maîtres ès arts et demande la séparation des deux ordres d'enseignement. L.-M. Tisserand, *Une querelle scolaire à Paris au XVIIe siècle* (*Bulletin de la Société de l'Histoire de Paris*, t. XVII, 1890, p. 76).

pensable et par ordre du frère directeur. Il n'y aura dans aucune des maisons de l'Institut aucun livre purement latin, sinon des livres d'office; il n'y aura même aucun qui puisse servir à apprendre la langue latine. » Cet effort pour maintenir l'instruction élémentaire dans les limites vraiment efficaces est assurément remarquable.

Les écoles suivent toutes à peu près un règlement identique[1]. Elles comprennent deux divisions, l'une pour les enfants au-dessous de sept ans, l'autre pour les enfants au-dessus de sept ans, à qui on apprend le catéchisme, à lire en français et en latin, à écrire et à compter. Les heures de classes sont le matin de huit heures et demie à onze heures, l'après-midi de deux heures et demie à quatre heures en hiver et à cinq heures en été. Il y a congé chaque semaine, le mercredi et le samedi, puis la veille de certaines fêtes, Pentecôte, Rogations, Saint-Sacrement, Assomption, Toussaint, Noël, Translation et fête de saint Nicolas (6 mai et 9 décembre). Les grandes vacances durent un mois en septembre.

Dans certaines paroisses, on trouve quelques usages locaux. A Saint-Louis-en-l'Ile, le jeudi saint, douze petites filles de l'école représentent les apôtres pour l'office du lavement des pieds; la supérieure leur lave les pieds, on les fait dîner et on remet à chacune d'elles un pain d'une livre, une chemise et quelque menue monnaie. A Saint-Eustache, les enfants des écoles qui assistent aux messes célébrées en souvenir de divers bienfaiteurs reçoivent au cours de l'année, suivant les volontés testamentaires, 390 petits pains d'obits.

Les enfants passent deux ans dans les écoles; leur nombre varie entre cinquante et soixante-dix dans chaque classe. A leur sortie, les Compagnies paroissiales se chargent de placer les plus méritants en apprentissage et diverses fondations secondent en ce sens leurs efforts[2].

Certains règlements précisent la physionomie des classes :

---

1. Notamment : *Règlement des écoles de la paroisse Saint-Eustache*. Paris, Thiboust, 1723, in-16; *Règlement des écoles de Saint-Louis-en-l'Ile*. Paris, Josse, 1713, in-16; *Règlement des écoles de Saint-Étienne-du-Mont; Règlement des écoles de Saint-Germain-l'Auxerrois*, 1737, in-16.

2. Nous aurions à cet égard un curieux chapitre à écrire, — s'il ne sortait de notre cadre, — sur l'apprentissage à Paris sous l'ancien régime,

« Le maître à écrire, dit celui de la paroisse Saint-Paul[1], donnera aux écoliers en arrivant les plumes qu'il aura taillées chez lui avant de venir et distribuera les exemples qu'il aura faits sur des papiers volans, afin que plusieurs s'en servent les uns après les autres. Puis il parcourra les bancs pour observer la posture de ceux qui écrivent afin de les redresser et leur montrer de la façon qu'ils doivent estre pour bien écrire. » Quant aux élèves, « il y en aura deux des plus forts qui resteront après les autres dans les escholes pour les balayer, oster les ordures et ajuster les bancs en la disposition qu'ils ont accoutumé d'estre ».

On attachait une grande importance à la tenue des élèves. « La bienséance demande que l'on ne souffre point que les enfans s'accoudent sur les tables ou sur les genoux en lisant et en étudiant, ni qu'ils aient les jambes en croix les unes sur les autres, ni même qu'ils tirent leurs pieds de leurs sabots ou souliers, ce qui incommoderoit les autres[2]. » On leur défendait bien entendu les chansons profanes, mais on leur apprenait des cantiques dans le *Psautier en poésie française*, de Godeau, évêque de Vence. On leur donnait des conseils de conduite pour les heures passées en dehors de l'école, ne pas aller jouer dans les places publiques et sur les ports, ne pas se baigner nus, etc. On devait même, le cas échéant, aller chez les parents pour leur répéter ces préceptes et les exhorter à acheter *l'Avis salutaire aux pères et aux mères qui veulent se sauver par l'éducation chrétienne qu'ils doivent à leurs enfans*, lequel se vendait quatre sous, chez Delaulne, place de la Sorbonne[3]. « On ne souffrira pas, dit encore le *Règlement*, que les enfans soient malpropres, ni aussi qu'ils prennent des airs mondains et de vanité, mais surtout ils [les maîtres] auront soin de veiller sur leur conduite..., afin qu'ils ne fassent rien d'indécent ni d'immodeste. »

---

en particulier d'après les *Règlemens de la Compagnie de charité des Messieurs de Saint-Paul*, 1665, in-16, p. 37; *de Saint-Gervais*, 1705, in-16, p. 7; *de Saint-Germain-l'Auxerrois*, 1737, in-16, p. 21, etc.

1. Arch. nat., L. 716.

2. *Règlement et méthode pour les écoles*. Paris, Fr. Muguet, 1709, in-16, 96 p., p. 77.

3. *Règlement...*, p. 69.

Les récompenses consistaient en images pour les enfants et en secours pour les parents, particulièrement en distributions d'habits. Les punitions étaient de diverses natures. La férule et le fouet n'étaient pas interdits, mais on en recommande l'usage avec tempérament : « Ils [les maîtres] éviteront avec soin[1], d'un côté la négligence et de l'autre l'impatience dans la correction des fautes. Ils ne châtieront et ne frapperont jamais par humeur ni par emportement et ils n'useront point de mots injurieux et outrageans. On doit extrêmement craindre d'endurcir les enfans aux coups; on doit les conduire autant qu'ils en sont capables par raison : et il ne faut venir au dernier châtiment que par degrez...; il faut, si cela est nécessaire, se servir de la verge pour frapper sur la main et épuiser tous les châtimens avant que d'en venir au foüet, n'usant de ce dernier qu'avec beaucoup de circonspection et de modération pour ne pas excéder ni blesser notablement les enfans, pour garder les règles de la modestie et ne pas offenser la pudeur. » L'exclusion des mauvaises têtes était prévue : le *Règlement de l'école de Saint-Louis-en-l'Ile*[2] indique que « les incorrigibles seront chassés après en avoir averti deux ou tout au plus trois fois les père et mère »; et celui de *Saint-Sulpice* que seront « rayés du rôle ceux qui seront cogneus mauvais, vicieux et incorrigibles »[3].

Les autres causes d'exclusion étaient les absences renouvelées, le changement de paroisse ou le changement survenu dans la situation sociale des familles.

Les jours de maladie devaient au contraire être déduits du temps des deux années scolaires habituelles et la plus grande sollicitude était recommandée pour les petits malades : « Quant un escollier deviendra malade, on ira le visiter et, si son père est trop pauvre pour l'assister, on taschera de le faire admettre à l'hospital de la Charité, sinon à l'Hostel-Dieu[4]. »

Les écoles étaient visitées, non seulement par le curé à divers intervalles, mais dans certaines paroisses, comme à Saint-Gervais, par un ecclésiastique qui portait le nom de pré-

---

1. *Règlement...*, p. 43.
2. *Règlement...*, p. 34.
3. *Règlemens...*, p. 3.
4. *Règlemens de la paroisse Saint-Sulpice*, p. 4.

fet des écoles[1] et qui devait s'y rendre plusieurs fois par semaine. Ces visites du clergé s'ajoutaient aux visites mensuelles des administrateurs ou des dames des Compagnies paroissiales de charité qui faisaient des rapports sur la situation des écoles à leurs réunions générales.

Y avait-il beaucoup de différence entre les écoles de charité et ces petites écoles dont Mercier[2] nous a tracé le tableau peu flatteur : « On tourmente l'aimable enfance; on lui inflige des châtiments journaliers. La foiblesse de cet âge ne devroit-elle pas intéresser en sa faveur? Pénétrez néanmoins dans l'intérieur de ces petites écoles. On y voit couler des pleurs sur des joues enfantines, on y entend des sanglots et des gémissements, comme si la douleur n'étoit pas faite pour des hommes formés et non pour les enfants. On y voit des pédagogues, dont la vue seule inspire l'effroi, armés de fouets et de férules, traitant avec inhumanité le premier âge de la vie. Que fait donc M. le grand chantre de Notre-Dame, maître de ces petites écoles? Pourquoi n'est-il pas attentif à réfréner ces barbaries? Il a soin que le pédagogue soit de la religion catholique, apostolique et romaine; mais il lui permet d'être brutal, dur, féroce, de battre d'innocentes créatures au nom de la croix de Jésus et pour l'honneur du catéchisme de Christophe de Beaumont[3]. »

Dans les écoles de charité aussi bien que dans les petites écoles, les maîtres et maitresses se servaient encore au XVIIIe siècle de tablettes de bois qu'ils tenaient à la main et sur lesquelles étaient fixés des feuillets de parchemin ou des cartons où était imprimé le texte des exemples et des prières. Ces mêmes tablettes servaient aux enfants pour apprendre à écrire : « Il y en a, dit un mandement de l'évêque de Bayeux du 1er mars, 1698, concernant les écoles de son diocèse, qui apprennent à écrire en peu de temps, se servant d'un morceau de corne bien déliée et qui soit bien dégraissée, laquelle ils appliquent sur leur exemple et écrivent dessus, formant aisément les lettres et les mots, après quoi ils n'ont qu'à effacer ce

1. *Règlemens de Saint-Gervais* (1705).
2. *Tableau de Paris*, t. II, p. 29.
3. Voir, mais surtout pour la province, les articles de A. Lechevallier, *le Maître d'école sous l'ancien régime* et *l'École primaire sous l'ancien régime*, dans la *Revue pédagogique*, 1906-1907.

qu'ils ont écrit jusqu'à en transcrire d'autres, et ainsi ce morceau de corne, qui coûtera deux ou trois sols, leur sert de papier pour apprendre jusqu'à ce qu'ils sachent écrire[1]. » C'est ce que les Anglais appelaient des Horn-Boocks, livre à corne[2]. On se servait aussi de grammaires élémentaires qui furent longtemps connues sous le nom de « Croix de par Dieu », à cause de la croix de Malte qui se trouvait sur la couverture, et de grands alphabets en divers caractères attachés à la muraille, devant lesquels les maîtres faisaient épeler avec une baguette. Sur les murs se trouvaient encore suspendues des sentences ou des prières empruntées au *Psautier de Paris*, en vente chez Muguet, « à la Croix-d'Or », rue Neuve-Notre-Dame.

S'il n'y a pas d'école de réforme ni d'établissement spécial pour les enfants difficiles ou vicieux, il ne s'ensuit pas que ces derniers échappent à toute correction. Nous savons, par un arrêt du Parlement du 30 juillet 1699[3], qu'il y avait alors vingt et un enfants détenus pour correction dans la prison de l'Officialité, à l'Archevêché, dont deux par ordonnance du lieutenant civil et les autres par ordre de leurs parents. Tous ces indisciplinés causent un tel scandale que le chanoine Vivant s'en plaint et que le Parlement décide qu'à l'avenir on ne recevra plus dans les prisons de l'Officialité[4] d'écoliers âgés de plus de vingt ans, et qu'au-dessous de cet âge ils ne pourront être détenus plus de six semaines, à moins qu'ils n'aient été l'objet d'une ordonnance du lieutenant de police. Il y avait encore d'autres lieux de correction, l'Officialité de Saint-Germain-des-Prés, la maison du Temple et de Saint-Martin, de Saint-Lazare, la prison de la Villeneuve-sur-Gravois. Nous voyons même un projet d'établissement d'une maison spéciale de correction pour les écoliers et les enfants libertins et vicieux dans la maison de Saint-Charles, dépendant de « Messieurs de Saint-Lazare »[5]. Divers arrêts, des 13 mars 1673, 22 juin 1674, indiquent des transferts d'enfants à la prison de la Villeneuve-sur-Gravois, puis un arrêt du 14 mars 1678

1. L. Delisle, *les Tablettes des petites écoles*. Paris, 1898, in-12, 8 p.
2. Andrew W. Tuer, *History of the Horn Books*. London, 1896, 2 vol.
3. Bibl. nat., Joly de Fleury 1309, fol. 13.
4. Voir la description de ces prisons, arch. de l'Assistance publique, Hôtel-Dieu, Papiers du cardinal de Noailles.
5. Bibl. nat., Joly de Fleury 1309, fol. 47.

à la prison de l'Officialité, enfin du 13 mars 1679 à celle de Saint-Germain-des-Prés. Il y a là toute une série de mesures sur lesquelles on n'avait jamais attiré l'attention, mais qui concernent d'ailleurs plutôt les écoliers des petites écoles soumises à la juridiction du grand chantre.

Après l'ouverture de l'Hôpital général, Bicêtre et la Salpêtrière servirent, l'un pour les garçons, l'autre pour les filles, d'établissements de correction. Un règlement fut fait pour la réception de ces enfants le 20 avril 1684[1]. Les plus grandes précautions étaient prises pour ces admissions; le Bureau décida, à sa séance du 21 juin 1728, que, « sur les plaintes des pères, mères ou autres qui demanderont la correction pour des enfants, celui qui présidera au Bureau commettra un ou deux membres pour vérifier les plaintes et en faire rapport au Bureau, sur lequel, s'il y a lieu, seront expédiés au même Bureau les ordres de correction qui seront signés par le président et quatre autres directeurs[2] ».

Le problème de l'éducation des enfants arriérés, qui a pris dans la pédagogie une place si importante au cours des dernières années, avait été résolu d'une façon sommaire : « Si les filles, lit-on dans le *Règlement de l'école de charité des filles de la paroisse Saint-Louis-en-l'Ile*, sont trop longtemps sans avancer comme elles le doivent, on en examinera soigneusement la cause, et si on trouve qu'elles sont incapables de profiter, elles seront congédiées, ce qui ne se fera cependant que de l'avis de l'ecclésiastique, directeur de l'école, et de la dame préposée. » Ainsi on avait bien entrevu le mal, mais on n'avait trouvé pour tout remède que le licenciement; c'était assurément une solution rudimentaire.

Le côté intellectuel préoccupe peu les curés et les Compagnies de charité qui avaient élaboré les règlements et qui en surveillaient l'application. Ce qui leur tient à cœur, — et c'est là l'idée maîtresse de toute la pédagogie de l'ancien régime, — c'est le côté moral, c'est l'édification du jeune fidèle. Le problème de la morale indépendante ne s'est pas encore posé, du moins en matière d'éducation; il faut donner à l'enfant un modèle de vie et une direction religieuse orientée vers l'or-

---

1. Arch. nat., O^1 28, fol. 137, et *Journal des audiences*, t. III, p. 862.
2. Arch. de l'Assistance publique, pap. Minachon.

thodoxie catholique. Il s'agit de sauver son âme plutôt que de former son jugement[1]. Les leçons de lecture et d'écriture ont pour aboutissement le catéchisme. Cet enseignement reste bien une des formes de la charité chrétienne[2]. Il est, dans chaque paroisse, une branche du vaste réseau des œuvres charitables qui rayonnent sur la classe pauvre et qui suivent l'impulsion du curé et de son conseil de laïques influents.

Sous une forme ou sous une autre, ce ne sont ni les dévouements ni les libéralités qui manquaient à la fin de l'ancien régime pour l'instruction de l'enfant pauvre, à Paris comme dans les provinces, mais une coordination, un encouragement du pouvoir central, un intérêt national. Cette lacune n'échappait pas aux encyclopédistes, aux philosophes, que préoccupaient les questions d'enseignement, comme toutes les questions sociales à la fin du XVIIIe siècle. Montesquieu écrivait tout un livre de son *Esprit des lois* sur ce sujet « que les lois de l'éducation doivent être relatives au principe du gouvernement »[3]. La Chalotais s'élevait avec vigueur dans son *Essai d'éducation nationale* contre l'instruction donnée par les ecclésiastiques ou les communautés religieuses[4]. Le président

1. « Le soin des âmes devant être préféré à celui des corps, il ne sera donné aucun billet pour les pauvres qui auront négligé de se faire instruire et de travailler à leur salut » (*Règlement de Saint-Eustache*, 1723, ch. IV, art. 9, p. 26).

2. Cette association de l'enseignement et de l'assistance est un fait constant depuis le XVIIe siècle. M. C. Bloch en a cité pour la France maints autres exemples, *l'Assistance et l'état en France à la veille de la Révolution*. Paris, 1908, in-8°, p. 126 (note).

3. *Esprit des lois*, livre IV. « Le titre de ce livre, écrit Destutt de Tracy dans son *Commentaire sur l'esprit des lois*, chap. IV, est l'énoncé d'une grande vérité, laquelle est fondée sur une autre aussi incontestable, que l'auteur exprime en ces termes : « Le gouvernement est comme « toutes les choses de ce monde : pour le conserver il faut l'aimer ». Il faut donc que notre éducation nous dispose à avoir des sentimens et des opinions qui ne soient pas en opposition avec les institutions établies, sans quoi nous aurons le désir de les renverser. » Paris, 1819, in-8°, p. 31.

4. *Essai d'éducation nationale ou plan d'études pour la jeunesse*. Genève, 1763, in-16, p. 14 et 16. « Le bien de la société exige manifestement une éducation civile... Je prétends revendiquer pour la Nation une éducation qui ne dépende que de l'État, parce qu'elle lui appartient essentiellement, parce que toute Nation a un droit inaliénable et imprescriptible d'instruire ses membres, parce qu'enfin les enfants de l'État doivent être

Roland, dans son *Plan d'éducation*[1], demandait qu'on profitât de l'expulsion des Jésuites pour « donner aux écoles une forme plus relative aux mœurs et aux lois de la nation... et qui imprimât à l'éducation publique le caractère précieux (et malheureusement trop longtemps négligé) d'éducation nationale ».

De son côté, Turgot, dès 1775, dans son *Mémoire au roi sur les municipalités*[2], réclamait, en vue d'une meilleure constitution de la société, la formation d'un conseil de l'*Instruction nationale*, sous la direction duquel seraient les académies, les universités, les collèges, les petites écoles. « Il faudrait imaginer, écrivait-il, un plan qui liât l'une à l'autre toutes les parties du royaume par une instruction à laquelle on ne pût se refuser », et, montrant la diversité qui existait dans les livres classiques, même dans les catéchismes religieux, d'un diocèse à l'autre, il donnait comme mission à son conseil projeté « de faire composer dans un [seul] esprit les livres classiques d'après un plan suivi, de manière que l'un conduisît à l'autre et que l'étude des devoirs du citoyen, membre d'une famille et de l'État, fût le fondement de toutes les autres études, qui seraient rangées dans l'ordre de l'utilité dont elles peuvent être à la patrie ». Ce qui faisait défaut, comme l'apercevaient les esprits clairvoyants[3], c'était, selon le mot de Turgot, une instruction nationale.

élevés par des membres de l'État. » Voir aussi L. Delvaille, *La Chalotais*. Paris, 1911, in-8°.

1. *Recueil de plusieurs ouvrages de M. le président Roland*. Paris, 1768, in-4°, *Plan d'éducation*, p. 130.

2. *Œuvres*, édit. E. Daire. Paris, 1844, 2 vol. in-8°, t. II, p. 506.

3. Sur le mouvement de réforme qui, pour l'instruction comme pour l'assistance, précéda de 1762 à 1789 la Révolution, voir G. Dumesnil, *la Pédagogie révolutionnaire*. Paris, 1883, in-12, p. 55 et suiv.

CHAPITRE II.

Les Écoles de charité de 1789 à 1833.

Les écoles de charité sous la Révolution (1789-1802). — Les mouvements populaires; pétitions des Sœurs grises, des Frères des Écoles chrétiennes; refus de serment; suppression officielle des écoles par le décret du 18 août 1792; persistance de quelques établissements; l'école de Liancourt; l'école-ouvroir du passage Saint-Paul; insuccès des écoles publiques officielles.

Les créations du Conseil général des hospices (1802-1815). — Rétablissement des écoles de charité par l'arrêté du 27 prairial an IX; les premières fondations; l'œuvre de Chaptal et de Duquesnoy; subventions accordées par le Conseil général des hospices; réouvertures progressives; doctrine de l'administration des hospices et du gouvernement. État des écoles en 1814.

La réorganisation des bureaux de charité en 1816 et les fondations d'école de 1816 à 1833. — Doctrines politiques du gouvernement de la Restauration; rôle social et moral des écoles; nouvelles fondations; statistiques sur la progression des écoles; constructions d'immeubles; les Frères des Écoles chrétiennes; les Frères du faubourg Saint-Antoine; méthodes pédagogiques; les Filles de la Charité; les salles d'asile.

La lutte de l'enseignement mutuel et de l'enseignement simultané. — Les précédents de la méthode d'enseignement mutuel sous l'ancien régime; les écoles de Bell et Lancaster en Angleterre; le décret du 27 avril 1815 et la fondation de la Société pour l'amélioration de l'enseignement élémentaire; libéraux et catholiques; résistance des Frères; la concurrence des écoles d'enseignement mutuel; faveur et décadence de cette méthode.

La préparation de la loi de 1833 et la suppression des écoles de charité. — Le projet de loi et les partis; les vues de Guizot; hostilité des bureaux de bienfaisance; municipalisation des écoles de charité et application à Paris de la loi du 28 juin 1833.

Les écoles de charité sous la Révolution (1789-1802).

Le clergé qui avait fondé des écoles gratuites à Paris et dans les provinces désirait continuer son œuvre sans entraves. Si l'on recherche dans les cahiers de 1789 les vœux exprimés en faveur de l'instruction gratuite, on trouve pour Paris une touchante unanimité des trois ordres. Mais, tandis que le tiers état se borne à réclamer des maîtres et maîtresses pour donner des *leçons gratuites*, le clergé, selon l'organisation déjà existante, demande « qu'il soit établi et fondé dans toutes les paroisses, en proportion de leur étendue, des écoles gratuites, mais distinctes et séparées pour l'un et l'autre sexe »[1]. Le tiers état à Paris ne songe pas d'ailleurs à déposséder l'Église de son œuvre scolaire. Il veut seulement qu'il soit ordonné, par adjonction à l'article 25 de l'édit d'avril 1695, « que, lors de l'examen pour la réception ou renvoi des maîtres et maîtresses d'école, seront appelés le syndic et quatre notables de la paroisse, même deux curés voisins, au choix desdits maîtres, s'ils le requièrent. Les fonds pour le paiement des maîtres seront pris... sur les fonds destinés aux réparations d'églises et presbytères »[2].

Mais plus que les vœux des différents ordres ou que les projets des assemblées, les événements vont nous fournir des indications sur la situation des écoles de charité, que nous voulons seule envisager.

Les premières écoles visées par les mouvements populaires paraissent avoir été celles des Filles de la charité, des « sœurs grisettes », qui ne manquèrent pas cependant de défenseurs dans les assemblées[3]. Dès avril 1791, on colporte au faubourg Saint-Antoine un opuscule intitulé : *le Fouet donné aux sœurs grisettes par la sainte colère du peuple, le 7 avril 1791, pour avoir enseigné les faux principes aux enfants de l'école de charité.* Le même jour, 7 avril 1791, le Corps municipal prend un arrêté interdisant les attroupements devant les maisons, églises et communautés religieuses, et, le 11 avril, Bailly écrit à Lafayette pour l'inviter à exécuter cet arrêté et recomman-

1. Voir E. Champion, *l'Instruction publique en France d'après les cahiers de 1789*, dans la *Revue int. de l'enseignement*, juillet 1884; et E. Allain, *la Question de l'enseignement en 1789*, d'après les cahiers. Paris, 1886, in-12; le chapitre IV, les petites écoles.

2. Quant aux cahiers de la noblesse pour Paris, ils demandent « que l'éducation publique soit perfectionnée et étendue à toutes les classes de citoyens, qu'il soit rédigé par tout le royaume un livre élémentaire contenant sommairement les points principaux de la constitution, que ce livre serve partout à l'éducation de la première jeunesse et que les Français apprennent en naissant à connaître et à respecter leurs lois ».

3. Voir aussi l'hommage qui leur est rendu dans le *Quatrième rapport du Comité de mendicité*, édit. C. Bloch et A. Tuetey, 1911, in-8°, p. 399.

der à sa sollicitude les sœurs de charité, « si utiles pour soigner les malades et instruire gratuitement dans les écoles de Paris »[1]

De plus, l'Assemblée nationale, sur la pétition adressée par leur supérieure, la sœur Deleau, le 14 mai 1791, prend une délibération tendant à ce qu'elles ne soient pas troublées dans leur exercice, et dont le texte est transmis, le 31 mai suivant, par le ministre de l'Intérieur, Delessart, à tous les directoires des départements[2].

En effet, au mois de mai 1791, d'après les renseignements annexés au tableau des établissements occupés par elles, les sœurs avaient déjà dû se retirer des paroisses Saint-Germain-l'Auxerrois, Saint-Étienne-du-Mont, Saint-Leu, Saint-Nicolas-du-Chardonnet et du Gros-Caillou, pour éviter les insultes et les mauvais traitements. Elles avaient déjà été fort maltraitées à Sainte-Marguerite, « une des premières paroisses où les sœurs ont été assaillies à répétition d'une foule de brigands; la supérieure, âgée de quatre-vingt-six ans, a été foulée aux pieds, frappée, blessée à l'œil, on l'a rapportée à la principale maison où elle a reçue (*sic*) l'extrême-onction; plusieurs sœurs de la même maison ont essuyé les plus humiliantes insultes »; — à la Madeleine, « où plus de 2,000 brigands se sont jetés sur les sœurs, dont une des plus jeunes témoigne qu'elle préféroit qu'on la fît marier plutôt que d'être en proie aux traitements dont elle étoit menacée »; — à Saint-Nicolas-des-Champs, « où on a voulu forcer les portes, les sœurs y ont été molestées vivement, poursuivies avec insultes dans les visites de leurs malades »; — à Saint-Roch, « où les sœurs ont éprouvé des traitements inouïs ».

Le décret des 5-10 avril 1791 avait autorisé le paiement provisoire, jusqu'au 1er janvier 1792[3], des rentes sur les biens nationaux dont jouissaient les hôpitaux, maisons de charité et fondations pour les pauvres. Mais un nouveau décret des 15-17 avril suivant déclara déchues toutes personnes, « chargées d'une fonc-

1. Arch. nat., AFII 48. Voir aussi lettre du Comité de mendicité au Comité ecclésiastique, 11 avril 1791 (Arch. nat., DXIX 88, n° 711).

2. Arch. nat., F19 470.

3. Décret relatif aux rentes et redevances dues sur les domaines nationaux aux hôpitaux, maisons de charité et fondations pour les pauvres (*Bulletin de la Commission des documents économiques de la Révolution*, 1908, nos 3-4, p. 286).

tion publique dans le département de l'instruction », qui n'auraient pas prêté le serment prescrit par les décrets des 27 décembre 1790 et 22 mars 1791. Cette mesure, en réalité, équivalait à la fermeture d'un grand nombre d'écoles, dont les maîtres et maitresses ne voulaient à aucun prix se plier aux exigences des décrets. Le 19 juillet 1791[1], les scellés étaient apposés rue du Pot-de-Fer, sur la maison des Filles de l'Instruction chrétienne: le corps de ville prenait bien, le 19 août 1791, un arrêté ordonnant le paiement aux commissaires de bienfaisance d'une somme de 6,000 francs, pour acquitter notamment les salaires dus aux maitres et maitresses des écoles de charité[2]. La situation devenait néanmoins de plus en plus critique et les écoles se fermaient un peu partout.

Les Frères des Écoles chrétiennes avaient adressé, dès 1790, une pétition à l'Assemblée nationale, pour plaider leur cause : « Où trouverait-on des maitres assez dévoués à la chose publique, disaient-ils, pour se charger d'instruire tous les jeunes gens pauvres, pour leur donner tous les soins que nous leur prodiguons et cela pour les modiques émolumens que nous recevons des municipalités? Certainement, pour s'assujettir, à ce prix, à un travail aussi pénible, aussi rebutant que celui de l'enseignement des premiers rudimens de la lecture, de l'écriture et du calcul, il faut nécessairement puiser dans les rapports intimes de la vie religieuse ces douces consolations que ne connoissent pas des individus isolés, ou distraits par les soins de ce monde[3]. » Ils avaient continué leurs classes provisoirement, mais, comme ils refusaient de prêter serment, le Directoire du département de la Seine les destitua par arrête du 20 avril 1792 et ils se dispersèrent. Quelques-uns émigrèrent en Italie, d'autres acceptèrent des emplois publics, d'autres, enfin, dont le supérieur, frère Agathon, furent mis en prison, et relâchés en 1794[4].

---

1. Arch. nat., S. 7047.
2. Arch. nat., F[15] 3587.
3. *Adresse à l'Assistance nationale*. Paris, Calixte Volland, 1790, in-12, p. 5 (Bibl. nat., Lb[39] 3135). Cette adresse était signée par les directeurs et profès des maisons de Paris. Une autre fut remise par le frère Agathon, supérieur.
4. *Ann. des Frères des Écoles chrétiennes*. Paris, 1883, 2 vol. in-8°, t. II, chap. XXXII.

Les « écoles paroissiales, disait, le 24 février 1792, Pastoret à l'Assemblée législative, languissent dans l'abandon et la misère; le plus grand nombre d'entre elles n'était soutenu que par les charités actives de ceux qui joignaient à l'opulence l'amour sincère ou le faste heureux de la vertu; mais la plupart de ces hommes, égarés aujourd'hui, ont retiré la main bienfaisante qui versait des secours aux enfans du pauvre[1]. »

Les frères et les sœurs de charité trouvaient des défenseurs dans l'Assemblée : « Votre comité, disait le député Gaudin dans son rapport imprimé au *Moniteur* du 22 février 1792[2], croit pouvoir ranger parmi les institutions utiles les Frères des Écoles chrétiennes, chargés d'enseigner en plusieurs villes à lire, à écrire, l'arithmétique et les élémens du commerce. Ils ont rempli ces fonctions avec succès et fondé même en quelques villes des pensionnats nombreux qui ont toute la confiance publique ». Il ajoutait, il est vrai, que cette association, fondée sous les auspices des Jésuites, en eut toujours le « fanatisme et l'intolérance », qu'elle ne pourrait être conservée comme corporation, mais qu'une fois dissoute on devrait accueillir ceux de ses membres qui voudraient se dévouer aux mêmes services.

Il ne craignait pas d'autre part de désigner à la reconnaissance publique « les sœurs grises, dévouées au service des hôpitaux et qui ont jusqu'ici rempli avec beaucoup de succès ces fonctions si précieuses à l'humanité et en même temps si pénibles. C'est le crime d'un clergé rebelle d'avoir empoisonné de son fanatisme des âmes qui ne devaient connaître que les œuvres de la bienfaisance ».

Dès le 12 décembre 1791, les administrateurs composant le Conseil du département avaient adressé une lettre, signée par La Rochefoucauld-Liancourt, à Cahier, ministre de l'Intérieur, pour étudier, entre autres, « le remplacement des écoles de charité »[3]. Au mois de février 1792, les Filles de la Croix du cul-de-sac Guéménée se dispersaient, et trois seulement d'entre elles, sur trente-huit qui avaient prêté serment, restaient pour assurer les classes gratuites, sur les instances du curé de Saint-

1. *Moniteur* du 26 février 1792, p. 232.
2. P. 275.
3. Arch. nat., F[1]c III, Seine, 13.

Paul. Brugière[1]. Le 15 juin 1792, les administrateurs de la Caisse de bienfaisance refusaient de payer aux sœurs de la communauté de Sainte-Geneviève, dans la paroisse Saint-Étienne-du-Mont, les indemnités dues pour 1791 qu'elles avaient réclamées par lettre du 16 mai 1792[2]. Enfin le décret du 18 août 1792, par son article 4, portant qu' « aucune partie de l'enseignement public ne continuera à être confiée aux maisons de charité (visées à l'art. 2), non plus qu'à aucune des maisons des ci-devant congrégations d'hommes et de filles, séculières ou régulières », supprimait officiellement les écoles de charité.

Quelques jours après, le décret du 19 août-3 septembre 1792 stipulait, à l'article 3, que les revenus des fabriques, des bureaux de charité, confréries et autres établissements de secours subsistant dans l'étendue des paroisses seraient à l'avenir régis et administrés par les officiers municipaux, sous la surveillance de l'administration des districts, et l'autorité de celle des départements.

Quelques écoles cependant se maintinrent en 1792 et même en 1793. Les deux maîtres d'école étaient encore payés en octobre 1793 à Saint-Merry[3] et à Saint-Sulpice[4]. Dans la section du Finistère, les deux maisons de charité de Saint-Marcel et de Saint-Médard, maintenues provisoirement en 1793, ne furent supprimées que le 1er février 1794, faute d'argent; les sœurs reçurent un certificat du comité leur rendant « la justice qu'elles méritent, ayant rempli le devoir de leur état avec zèle et activité »[5]. Dans la section de Brutus, les écoles fonctionnaient encore en 1793.

L'école des orphelins militaires de la rue de Sèvres, d'abord transférée dans la caserne des gardes-françaises de Popincourt, fut réunie, le 29 messidor an III[6], par les soins de Crouzet, à

1. Arch. nat., S. 4688, et abbé Bahezre, *les Filles de la Croix de Paris pendant la Révolution*. Paris, 1903, in-12.

2. Arch. nat., S. 6118. Cependant la Commission de bienfaisance de l'Hôtel-de-Ville autorisait le paiement par les marguilliers du maître d'école de la paroisse Saint-Landry (Arch. nat., H. 3785).

3. Reçus conservés aux archives de la paroisse. Leur traitement était de 200 livres.

4. Arch. de Saint-Sulpice.

5. Arch. de l'Assistance publique. Registres des bureaux de bienfaisance des sections du Finistère, de Brutus, etc.

6. J. Guillaume, *Études révolutionnaires*, 2e série. Paris, 1909, in-12, p. 1 à 125 : Le chevalier Pawlet et l'école des orphelins militaires.

l'école de Liancourt. Là, les orphelins trouvèrent déjà installés les élèves de l'École professionnelle, fondée en 1792, « à Martin-des-Champs », par Léonard Bourdon, l'ami de Robespierre, sous le nom de Société ou École républicaine des jeunes français et subventionnée par la Convention. Cette école, transformée en Institut des orphelins des défenseurs de la patrie, dut fermer en l'an IV[1].

Un autre établissement, subventionné plus tard par le Conseil général des hospices, se maintint pendant tout le cours de la Révolution, celui des ouvrières indigentes de Saint-Paul qui occupait une maison passage Saint-Pierre, entre la rue Saint-Antoine et la rue Saint-Paul. Fondé par Guéret, curé de la paroisse, et organisé par Bossu, son successeur, il avait eu pour première directrice Mme Marc, remplacée, en 1791, par Mlle Lucie Crosnier. « Environ trente jeunes filles pauvres, dit le comte d'Elbée[2] dans une brochure parue à la veille de la Révolution, y sont élevées avec tant de talents que l'on dirait que cette petite communauté a plutôt l'air d'une école de commerce que d'une maison de charité. On y enseigne la religion, à lire, à écrire, à compter et même le français par principes; on y montre à dessiner, à peindre, à broder de toutes les manières, à faire de la tapisserie de toute espèce et en général tout ce qui se fait à l'aiguille, soit en linge, soit en étoffe. Les grandes y enseignent les plus petites et on y voit les plus jolis ouvrages. » L'établissement put subsister grâce à l'argent reçu de quelques pensionnaires et aux secours en pain, viande et aliments fournis par l'administration des hospices, à qui cette institution devait être définitivement réunie[3].

Par contre, l'école établie à la Pitié pour les orphelins avait été supprimée dès 1791, comme trop dispendieuse et présentant « une alliance ridicule de l'enfance et du pédantisme »[4].

---

1. Arch. nat., F17 1002.

2. *Asyle toujours ouvert aux plus infortunées et aux plus à plaindre des jeunes filles qui veulent toujours être honnêtes et vertueuses*, p. 2 (Bibl. nat., R. 34952).

3. [Duquesnoy], *Rapport sur l'administration des secours à domicile*, fructidor an XI, in-4°, p. 29, et *Rapport des visites faites en 1790 par La Rochefoucauld-Liancourt et le Comité de mendicité*, p. 13-14.

4. *Rapport sur les hôpitaux au Conseil général du département de Paris par M. Germain Garnier, 16 novembre 1791* (Arch. nat., F1c III, Seine, 13,

Ce n'est pas ici le lieu d'indiquer les efforts faits par les assemblées révolutionnaires pour organiser l'instruction primaire. Aussi bien les projets de loi[1], les débats législatifs[2], l'œuvre des comités d'instruction publique[3] sont aujourd'hui connus grâce à d'excellents travaux.

La loi du 3 brumaire an IV [25 octobre 1795] fut pendant plusieurs années la charte organique de l'enseignement primaire[4]. Les écoles publiques, dont elle avait prescrit l'organisation et où l'on devait enseigner la lecture, l'écriture, le calcul et les éléments de morale républicaine, rencontrèrent à leur début les plus grosses difficultés. D'abord la loi n'avait pas prévu de traitement pour les instituteurs, et ce fut la cause initiale de son insuccès. Ensuite ces écoles se heurtèrent à la mauvaise volonté des pères de famille, en raison même de leur caractère. Le nombre de leurs élèves fut tout à fait restreint. Dans les rapports qui ont été publiés par Rocquain[5], on voit que les douze écoles de Paris n'avaient guère qu'une moyenne de quarante élèves, nombre tout à fait minime par rapport à celui de la population. Le message, adressé le 3 brumaire an VII [24 octobre 1798] au Conseil des Cinq-Cents par le Directoire, avoue d'ailleurs cet échec[6].

Une lettre du département du 8 thermidor an VI[7] donne, pour le VIe arrondissement, une explication de la réserve des

cité par A. Tuetey, *l'Assistance publique à Paris pendant la Révolution*, 1895-1896, 4 vol. in-4°, t. III, p. 10).

1. C. Hippeau, *l'Instruction publique en France pendant la Révolution*. Paris, 1881-1883, 2 vol. in-12.

2. L. Grimaud, *Histoire de la liberté d'enseignement en France depuis la chute de l'ancien régime jusqu'à nos jours*. Paris, 1898, in-8°.

3. J. Guillaume, *Procès-verbaux des Comités d'instruction publique de l'Assemblée législative et de la Convention*. Paris, in-4° (publication des documents inédits sur l'Histoire de la Révolution).

4. L'article 9 de la loi portait que « l'administration municipale pourra exempter de la rétribution établie en faveur des instituteurs primaires un quart des élèves de chaque école primaire pour cause d'indigence ».

5. *État de la France au 18 brumaire*. Paris, 1874, in-12. Voir aussi P. Dupéron, *l'Enseignement de l'État et l'enseignement libre en l'an VI*, dans *la Révolution*, t. XXXVII, p. 534.

6. F. Rocquain, p. 391.

7. Arch. de la Seine, série D, n° 6356 de l'*Inventaire* de M. Barroux, 1901, in-4°. Voir aussi pour le Ier arrondissement (ancien) le rapport du 14 octobre 1800, publié par L. Lazard, dans le *Bulletin de la Société archéologique du VIIIe arrondissement*, 2e année, p. 36.

pères de famille. Elle consisterait, d'après lui, dans l'assimilation qu'ils font des écoles nouvelles « aux ci-devant écoles de charité » et au défaut de livres élémentaires. Après avoir constaté que vingt-sept instituteurs seulement sur quatre-vingt-un se montrent capables et que le nombre des élèves n'est que de 1,975, il exhorte la municipalité à « déraciner le fanatisme et le préjugé fatal qui fait regarder les écoles primaires comme des écoles de charité », la félicite d'avoir trouvé dans toutes ses écoles la Constitution, les Droits de l'homme et les livres républicains et l'invite à faire en sorte que les instituteurs persuadent « aux parents que les autres doivent être réservés pour l'intérieur de leurs maisons ». Des livres mis à la disposition des écoles, nous connaissons ceux qui furent adoptés par le jury désigné à cet effet[1] : la *Grammaire* de Lhomond, celle de Panckouke, le *Catéchisme français*, la *Constitution française*, le *Catéchisme de la Constitution*, le *Précis historique de la vie des hommes illustres*, l'*Institution des enfants ou conseil d'un père à son fils*, imité de Muret, le *Portefeuille des enfants*, sans compter divers alphabets, dont un composé par François de Neufchâteau.

Sur la situation des écoles, les comptes rendus au Directoire des administrateurs du département de la Seine, conservés aux Archives nationales et publiés par M. Aulard[2], nous donnent encore des renseignements précieux. La surveillance exercée sur les écoles privées ne remédia pas à la défaveur des écoles officielles, malgré l'espoir que put en concevoir le gouvernement. « Elle [l'administration], dit le rapport présenté pour la période du 27 floréal an VI au 1er vendémiaire an VII, a fait surveiller sévèrement les instituteurs et les institutrices des écoles particulières et principalement ceux et celles dont les principes paraissaient être un peu équivoques. Trois instituteurs, autant d'institutrices, ont été destitués pour ne s'être point soumis aux lois, ainsi qu'aux arrêtés du Directoire exécutif, et pour avoir refusé de prêter le serment de haine à la royauté, à

1. Voir circulaire de l'administration centrale du 22 germinal an VI [11 avril 1798] pour l'achat de ces volumes (Arch. de la Seine, série D, n° 6111).

2. *Paris pendant la réaction thermidorienne et sous le Directoire*, 5 vol. in-8°. Voir aussi A. Duruy, *ouvr. cité*, le chapitre intitulé : *les Écoles primaires sous le Directoire*, p. 145 et suiv.

l'anarchie et d'attachement à la République[1]. » Cette surveillance était le fruit de l'arrêté du 17 pluviôse an VI[2] [5 février 1798], mesure politique que n'autorisait ni la Constitution de l'an III, ni la loi du 3 brumaire an IV, et mesure inefficace qui acheva d'aliéner la population aux tendances du gouvernement.

Les créations du Conseil général des hospices (1802-1815.)

La situation de l'enseignement primaire était lamentable au sortir de la Révolution. « L'éducation publique, pouvait écrire Chaptal, est presque nulle partout; la génération qui vient de toucher à sa vingtième année est irrévocablement sacrifiée à l'ignorance; nos tribunaux et nos magistratures ne nous offrent que des élèves de nos anciennes universités. Le système d'instruction publique qui existe aujourd'hui est donc essentiellement mauvais... Les écoles primaires n'existent presque nulle part, de manière que la masse de la nation croît sans aucune instruction[3]. » Il fallait aviser au plus vite. Aussi, par arrêté du 27 prairial an IX [16 juin 1801], le gouvernement consulaire rétablit l'existence officielle des écoles de charité, en confiant aux bureaux de bienfaisance la régie et l'administration des biens et des fondations charitables consacrées auparavant à l'instruction gratuite et au soulagement des pauvres.

Aussitôt, le Conseil général des hospices, dont dépendaient les bureaux de bienfaisance, se mit résolument à la tâche. « Pour se faire un véritable plan de conduite, lit-on dans le

---

1. Arch. nat., F[1c] III, Seine, 19, impr., in-4°, 62 p.; cité par A. Aulard, *Ibid.*, t. V, p. 115, et aussi p. 168, 273, 478.

2. On en trouvera le texte dans A. Duruy, *ouvr. cité*, p. 460, appendices.

3. J.-A. Chaptal, *Rapport et projet de loi sur l'instruction publique*. Paris, an IX, in-8°, p. 16 (Bibl. nat., R. 31074). Voir aussi *le Discours prononcé par A.-F. Fourcroy, orateur du gouvernement, au corps législatif, à la séance du 30 germinal an X* [20 avril 1802] : « Effrayé de la nullité presque totale des écoles primaires et des suites que doit amener un état de choses qui laisse une grande partie de la génération dénuée des premières connoissances indispensables pour communiquer avec celles qui la précèdent et qui doivent la suivre, il [le gouvernement] a senti que la réorganisation de ces écoles étoit un des besoins les plus urgens et qu'il étoit impossible d'en ajourner plus longtemps l'exécution », p. 3 (Bibl. nat., Le[60]. 104).

rapport de l'an X[1], il faut considérer le pauvre dans toutes les positions de sa vie, dans son enfance, dans son âge mûr, dans sa vieillesse, en santé, en maladie, etc. On s'aperçoit bientôt que le premier, le plus pressant de tous ses besoins, est l'*éducation :* ce mot, pris dans sa plus rigoureuse acception, s'applique à tout ce qui contribue à former des hommes et des citoyens. Le pauvre doit : 1° savoir lire, écrire et compter, sans quoi il est dans la dépendance la plus funeste de toutes, celle des fripons; il doit, 2° être pénétré des idées religieuses, parce que c'est la meilleure forme sous laquelle il puisse saisir les idées de morale et d'ordre; il doit, 3° aimer à travailler, s'honorer de travailler, sans quoi il est exposé à tous les vices, à tous les crimes qu'entraîne l'oisiveté : il faut donc pour le pauvre des écoles où on lui apprenne ces trois choses qu'on ne devroit jamais séparer; c'est le premier secours à lui donner. » Ne voyons-nous pas la doctrine napoléonienne s'appliquer et faire servir la religion à « la morale et à l'ordre »?

Celui qui parle ainsi, c'est l'ancien constituant Ad. Duquesnoy[2], qui paye d'exemple en fondant, dès 1801, au Xe arrondissement, dont il est maire, dans l'ancien couvent de la Visitation, rue du Bac, une école où les jeunes filles pauvres de huit à douze ans, désignées par la municipalité, apprenaient gratuitement « à lire, à écrire, à compter, à coudre et à tricoter »[3]; on les gardait de 8 heures du matin à la nuit, on les nourrissait, on les habillait en partie. Quelques mois plus tard, cet établissement était complété par un pensionnat, où douze enfants, prises de préférence parmi les filles « des défenseurs de la patrie », furent

1. *Rapport sur l'administration des secours à domicile pour l'an X*, in-4°, p. 2. Exposition des principes adoptés par le Conseil [général] (Bibl. de l'Assistance publique, E² 73).

2. A côté de lui se trouvaient au Conseil général des hospices, composé des deux préfets, Frochot et Dubois, et de onze membres non rétribués et nommés par le ministre de l'Intérieur (arrêté du 27 germinal an IX, 17 avril 1801), Bigot de Préameneu, conseiller d'État, Camet de la Bonnardière, maire du XIe arrondissement, d'Aguesseau, sénateur, de Belloy, archevêque de Paris, B. Delessert, régent de la Banque de France, Mourgue, ancien ministre, Fieffé, membre du Corps législatif, Pastoret et Parmentier, membres de l'Institut, Richard d'Aubigny, ancien administrateur général des Postes, et Thouret, directeur de l'Ecole de médecine.

3. A. Aulard, *Paris sous le Consulat*, t. II, p. 191-192.

« hébergées » à demeure, « sans que sous aucun prétexte on puisse rien demander aux parents »[1].

Au mois de décembre 1799, le bureau de la division de l'Indivisibilité (VIIIe arrondissement) avait décidé d'envoyer à ses frais, aux écoles primaires, quinze garçons et quinze filles, depuis l'âge de six ans jusqu'à dix. A mesure qu'ils atteindraient dix ans, ils devaient être remplacés par d'autres enfants du même sexe. Chaque instituteur ou institutrice recevait 10 francs par mois, plus 2 francs pour fournitures de papier, livres, plumes, encre, et un stère de bois pour le chauffage des enfants pendant l'hiver[2].

Cet exemple fut suivi par la division de l'Homme-Armé (VIIe arrondissement) qui préleva sur les fonds affectés aux secours à domicile une somme destinée à admettre soixante enfants, trente de chaque sexe, de six à quatorze ans, chez des instituteurs et institutrices payés 1 franc par mois et par élève; l'enfant, inscrit à ce secours, manquant plus de quatre fois par mois, était rayé de l'état, et ses parents privés pendant six mois de toute aide du bureau de bienfaisance.

Un arrêté ministériel du 28 fructidor an X (15 septembre 1802) réorganisa l'école-ouvroir du passage Saint-Pierre. Divers arrêtés du Conseil général des hospices des 23 vendémiaire an XI (15 octobre 1802), 4 ventôse an XI (23 février 1803), 23 germinal an XI (13 avril 1803) en complétèrent le règlement. Le nombre des places fut fixé à quarante-huit, dont vingt-quatre gratuites, douze à demi-pension à 150 francs, douze payantes à 300 francs. Trente-six places furent réservées aux bureaux de bienfaisance et douze à l'agence des secours. Les produits de l'atelier de couture n'entraient pas dans la caisse de l'établissement; un tiers était distribué en récompenses aux élèves et les deux tiers restant formaient un pécule qui leur était remis à la sortie. Grâce aux élèves payantes, la maison rapportait, bon an mal an, 5,000 francs à l'administration des hospices, qui dépensait

1. Le *Journal des Débats*, 2 prairial an IX [22 mai 1801], rendant compte de cette fondation, ajoute que la dépense annuelle ne va guère au delà de 200 francs pour chaque enfant nourri, chauffé et vêtu (A. Aulard, *Ibid.*, p. 314).

2. Arch. nat., AFIV 1489. Rapport du Bureau central des cantons de Paris du 16 frimaire an VIII [7 décembre 1799] (cité par A. Aulard, *Paris sous le Consulat*, t. I, p. 41).

d'autre part pour son entretien une somme d'environ 15,000 fr. par an. Mlle Lemaire, ancienne élève, en prit la direction en 1805, aux appointements de 500 francs par an.

L'administration des hospices donnait aussi l'instruction aux orphelines réunies depuis 1801[1] dans l'ancien hospice des Enfants-Trouvés du faubourg Saint-Antoine, qui garda cette destination jusqu'en 1836, et abritait environ 350 enfants. Elle achète pour elles chez la veuve Fournier, libraire, le 30 ventôse an XIII [21 mars 1805] :

50	exemplaires	de principes de lecture à 1 fr. 10.
100	—	d'alphabets de Préfontaine à 0 fr. 50.
8	douzaines	d'alphabets syllabiques à 7 fr. 20 les 12.
8	—	de catéchismes de Fleury à 3 fr. 50.
4	—	de petits paroissiens, 19 fr. 20.
8	—	journées du chrétien, 7 fr. 20.
4	—	épîtres et évangiles, 6 francs.

Les surveillantes et institutrices étaient au nombre de six; elles portaient des toquets noirs, du prix de 4 fr. 50, et des robes de casimir noir, à 8 francs l'aune. Les orphelines portaient, l'été, de la « siamoise » bleue, à 3 francs l'aune, avec des tabliers de toile à carreau de Rouen et d'Abbeville, et l'hiver, des « raz de castor » croisé bleu, à 3 fr. 25 l'aune[2].

Parmi les artisans les plus actifs du mouvement se trouvait, nous l'avons vu, Duquesnoy, maire du Xe arrondissement, qui avait fondé rue des Saints-Pères, no 196, à l'hôtel de Pons, un établissement de bienfaisance où les ateliers professionnels complétaient l'école primaire. « Le ministre de l'Intérieur, lit-on dans le *Publiciste* du 3 messidor an XI[3] [22 juin 1803], accompagné de ce magistrat et des citoyens Mathieu [de] Montmorency, administrateur des hospices, et Molard, administrateur du Conservatoire des arts et métiers, a examiné dans le plus grand détail les diverses écoles et ateliers d'industrie qui se trouvent réunis

1. On y avait mis de 1794 à 1801 les orphelins, puis il y eut en 1801 (arrêté du Conseil général des hospices de nivôse an X) permutation entre les deux maisons.

2. Commandes des 7 floréal an XII et 16 germinal an XIII [27 avril 1804 et 6 avril 1805] (Arch. de l'Assistance publique : hospice des orphelines du faubourg Saint-Antoine; délibérations du 12 mai 1804 au 14 mai 1806).

3. Cité par A. Aulard, *Paris sous le Consulat*, t. IV, p. 178.

dans ce local sous la surveillance immédiate de Mme Despinas... Le ministre y a vu avec intérêt : 1° les écoles où les enfants des citoyens peu fortunés du Xe arrondissement viennent apprendre à lire, écrire et compter et où les filles se forment au travail de l'aiguille; 2° les salles où les jeunes garçons apprennent les métiers de cordonnier et de tailleur sous des maîtres gagés et à poste fixe; 3° les ateliers que le citoyen Cahours... tient..., suivant un traité passé entre lui et le maire du Xe arrondissement. Le ministre a donné... une somme de 2,000 francs[1]. »

Le 1er germinal an XI [21 mars 1803], une école de filles était ouverte à Chaillot, à l'instigation du curé desservant Langaney, par le bureau de bienfaisance de la division des Champs-Élysées.

Le 23 messidor an XIII [12 juillet 1805], se fondait la *Société d'assistance charitable du Xe arrondissement*, qui ouvrit, rue des Saints-Pères, des écoles gratuites indépendantes de celles du bureau de bienfaisance[2] et reçut des legs importants.

Le Conseil général des hospices accordait de son côté des subventions aux bureaux de bienfaisance pour la création d'écoles de charité.

Le 16 messidor an XI [5 juillet 1803], 500 francs sont accordés au bureau de la division du Finistère pour la création d'une école de filles. Le 24 messidor an XI [13 juillet 1803], l'école de garçons de la rue Saint-Bernard, n° 22[3], est affectée exclusivement à la division de Montreuil et reçoit une allocation de 500 francs; d'autre part, la division de Popincourt reçoit 500 francs pour ouvrir une école dans sa circonscription (VIIIe arrondissement).

Le 4e jour complémentaire an XI [21 septembre 1803], le Conseil accorde une subvention de 500 francs pour créer une

1. Il y avait à la même époque un autre établissement de ce genre, rue du Bac, passage de Grenelle, fondé par le citoyen Bouvier, également sous les auspices de Duquesnoy.

2. Arch. nat., F^{15} 105. Voir les statuts reproduits dans A. Chevalier, *ouvr. cité*, p. 290. Parmi les membres se trouvaient Levis, curé de Saint-Germain-des-Prés; Portalis, ministre des Cultes; les médecins Beauchesne, Menuret et Gauthier de Claubry (Arch. nat., F^{15} 1868, Legs Coupry, 1809).

3. Cette maison, qui se trouvait vis-à-vis de l'église Sainte-Marguerite, était très spacieuse et contenait une pharmacie, des fourneaux pour le bouillon des malades et pour les soupes économiques (*Rapport de l'an X*).

nouvelle école destinée à suppléer celle de la rue des Poulies [1].

Mais c'est surtout au cours de l'an XII que créations et subventions se multiplient : 600 francs pour l'école de charité rue de la Lune, 1,200 francs pour l'école de la rue des Poitevins [2] (IIe arrondissement), 400 francs pour l'agrandissement et la division en trois classes de l'école du cul-de-sac Férou [3], 500 francs à chacune des divisions des Arcis et des Lombards pour la création de deux écoles de garçons dans la chapelle Saint-Bon [4], 500 francs au bureau de la Réunion pour la création d'une école de garçons rue Beaubourg, 1,000 francs pour l'installation dans les chambres situées au-dessus du grand portail de l'église Saint-Eustache, mises à la disposition du bureau du Contrat-Social (IIIe arrondissement) par le préfet de la Seine, de l'école de garçons auparavant rue Montmartre, n° 188 [5], 500 francs au bureau de la division des Arcis (VIIe arrondissement) pour ouvrir une école de filles dans la maison de secours rue du Crucifix [6]-Saint-Jacques-la-Boucherie, 600 francs au bureau de la division du Finistère pour créer une école de garçons, n° 9, rue Saint-Hippolyte, dans une maison appartenant aux hospices, 600 francs au bureau de l'Observatoire pour ouvrir une école de filles dans la maison de secours, rue du Faubourg-Saint-Jacques [7], 500 francs au

---

1. C'était l'ancienne maison de charité de Saint-Germain-l'Auxerrois; elle contenait une pharmacie, une marmite de bouillon et un fourneau de soupes économiques. La rue des Poulies a été supprimée en 1853; c'est maintenant la partie de la rue du Louvre comprise entre la rue de Rivoli et la rue Saint-Honoré.

2. C'était l'ancienne maison de charité de Saint-André-des-Arcs où se trouvait avant la Révolution un hospice fondé par le curé Desbois de Rochefort.

3. L'impasse Férou, qui était située au 24 de la rue Férou, n'existe plus.

4. Voir C. Baloche, *la Chapelle Saint-Bon*, dans la *Cité, Bulletin de la Société historique du IVe arrondissement*, n° 30, avril 1909, p. 503. La chapelle, attribuée aux hospices avec les chambres qui en dépendaient par la loi du 16 vendémiaire an V (7 octobre 1796), fut revendue le 7 juillet 1809.

5. Ancienne maison du Bon-Secours, commune à cinq sections, indépendante du bureau, qui contribuait seulement aux frais (cf. reg. de la section de Brutus).

6. C'était l'une des plus anciennes maisons de Paris réparée en l'an VIII et en l'an IX; il y avait pharmacie, marmite et fourneau; elle a disparu avec la rue Saint-Jacques-la-Boucherie.

7. Ancienne maison de charité de la paroisse Saint-Jacques-du-Haut-Pas.

bureau des Quinze-Vingts pour agrandissement de son école, 500 francs au bureau de la division de la Réunion pour ouvrir une école de filles dans l'hospice Saint-Merry[1] où il tenait ses séances, 1,000 francs au bureau de la division de la Fraternité pour rétablir, rue Poulletier, une école de filles tenue avant la Révolution par des sœurs de charité, 600 francs à la division du Pont-Neuf pour créer une école de garçons rue du Marché-Neuf[2]. Les écoles dans les divisions du Luxembourg (garçons), de Bondy (filles) reçoivent aussi, le 26 floréal an XII [16 mai 1804], une subvention de 500 francs chacune.

L'effort se continue en 1804 et 1805; des subventions plus fortes sont accordées aux écoles ouvertes. On cherche partout des locaux disponibles pour compléter les installations : rue Saint-Laurent, en face Saint-Lazare, au coin de la rue des Récollets, une maison qui servait de noviciat aux sœurs de Saint-Vincent-de-Paul est transformée en maison de secours (V^e^ arrondissement), avec école de filles, marmite et pharmacie (4 vendémiaire an XIII [26 septembre 1804]). Le bureau du Panthéon (XIIe arrondissement) reçoit 1.200 francs pour créer une école de filles rue de la Montagne-Sainte-Geneviève (30 brumaire an XIII [21 novembre 1804]). Le bureau de la division de la Fidélité reçoit 2,000 francs pour la création de deux écoles de charité laïques, l'une quai des Ormes, n° 50, pour 200 garçons, l'autre rue de la Mortellerie pour 300 filles (1er ventôse an XIII [20 février 1805]). Celui de la division du Théâtre-Français reçoit une somme de 830 francs pour parfaire la dépense d'installation d'une école laïque de garçons dans la maison de secours de la rue des Poitevins où existait déjà une école de filles tenue par les sœurs de Sainte-Marthe (16 prairial an XIII [5 juin 1805]). Les sœurs de charité sont rétablies dans la maison de secours de la division du

1. Cette maison, qui portait sur sa façade : 15 décembre 1783, datait de la fondation de l'hôpital de la paroisse Saint-Merry. Cet établissement comportant seize lits, dont quatre en chambres séparées, avait 17,660 livres de revenu fixe et 22,000 livres de revenu casuel, 3,275 livres de charges et 37,500 livres de dépenses annuelles (déclaration du 20 janvier 1791); il avait été fondé par le curé Viennet, décédé le 17 germinal an XI (Bonnet, *Notice sur l'hôpital Saint-Merry*, 1837, in-8°). La maison vient d'être démolie en 1911.

2. La rue du Marché-Neuf commençait rue de la Cité et finissait au Marché-Neuf; elle a disparu pour la construction du nouvel Hôtel-Dieu.

Bon-Conseil, laïcisée en l'an VII, et une école de filles est ouverte avec une subvention de 1,500 francs (18 floréal an XIII [8 mai 1805]).

L'Institut des Filles de la Charité, rétabli par arrêté du 24 vendémiaire an XI [16 octobre 1802], recevait de plus du gouvernement un secours annuel de 12,000 francs, prélevé sur les produits de l'octroi de bienfaisance, mais supprimé en 1809, quand elles passèrent de l'administration du ministère de l'Intérieur à celle des Cultes[1].

En 1806. dans la maison de la rue des Poulies, avec entrée rue Jean-Tison, les bureaux de bienfaisance du Museum, des Gardes-Françaises et des Tuileries ouvrent une école de garçons (9 octobre). Dans la maison de la rue Poulletier, le bureau de la division de la Fraternité, qui a déjà une école de filles, crée une école de garçons, dirigée par les Frères des Écoles chrétiennes (23 octobre). Rue Saint-Sauveur, dans la maison de secours, les sœurs et une école sont rétablies (23 avril). Le bureau du Panthéon, forcé d'abandonner les Écoles de droit[2] où il tenait ses séances, sous-loue, rue des Carmes, une maison appartenant à l'administration des hospices, où il installe ses écoles de filles[3].

S'inspirant des créations du Conseil général des hospices, Victor de Lanneau, directeur du collège Sainte-Barbe, avait ouvert, dès vendémiaire an XII, une école gratuite annexée au collège et confiée à un frère des Écoles chrétiennes, sous la direction du préfet des études. « L'enseignement y a pour objet, écrivait-il en 1806 à Fourcroy[4] : 1° la religion dont cette classe a plus particulièrement besoin pour l'accoutumer au respect dû aux lois et *la maintenir dans la subordination qu'elle*

---

1. Arch. nat., F15 1883. Cette somme fut répartie entre la Société de charité maternelle, la Société philanthropique, la Société des jeunes orphelins et la Société de bienfaisance pour la mise en apprentissage des enfants délaissés.

2. Pendant la Révolution, les écoles de droit situées place du Panthéon avaient été suspendues, et deux écoles particulières s'étaient établies, l'une, l'Académie de législation, dans la rue Vendôme, et l'autre, l'Université de jurisprudence, dans les bâtiments du collège d'Harcourt, rue de la Harpe. Un décret du 22 ventôse an XII (13 mars 1804) venait de réorganiser l'École de droit.

3. Cf. arrêté du Conseil général des hospices du 11 juin 1806, régularisant la dépense de 2,537 fr. 90.

4. Arch. nat., F17 6300³.

doit au gouvernement; 2° la lecture, l'écriture, le calcul usuel et toute la grammaire française nécessaire à l'artisan. » Cette théorie de l'instruction religieuse du peuple, envisagée comme une sauvegarde contre les mouvements révolutionnaires toujours possibles, répond bien aux idées du maître de l'heure, de l'Empereur, et c'est déjà d'avance tout le programme de la Restauration. Cette école gratuite de Sainte-Barbe n'avait d'ailleurs qu'un champ d'action très limité; elle ne recevait que soixante élèves des paroisses Saint-Benoît et Saint-Étienne-du-Mont, sur certificat d'indigence des curés, et quelques-uns sur recommandation des « dames de l'administration de bienfaisance de Paris », dont le choix, dit V. de Lanneau dans son rapport, « a toujours été éclairé et bien appliqué ».

En 1807, l'atelier de couture, les écoles pour enfants des deux sexes et la salle des séances du bureau des Champs-Élysées (Ier arrondissement) sont transférés rue des Batailles, n° 22[1].

En 1809, le bureau de division de la place Vendôme loue pour 1,500 francs par an une maison, rue de l'Arcade, n° 22, pour y transférer ses écoles de charité, le logement des instituteurs et sa salle des séances[2].

En 1810, une école de charité de garçons est créée dans la division des Gravilliers, avec subvention de 100 francs par mois[3].

En 1812 est ouverte une école de charité de garçons, rue de la Colombe, n° 6, par le bureau de la Cité[4]; la maison de secours et les écoles du bureau de la division de l'Unité[5]

---

1. Subvention de 600 francs; arrêté du 30 décembre 1807. Fontanes approuva par lettre du 25 mai 1809 le règlement spécial dressé pour les écoles et ateliers de bienfaisance de Chaillot (Arch. nat., F[15] 1883). La rue des Batailles, ancien chemin du village de Chaillot, commençait à la rue de Longchamps et finissait au chemin de ronde de la barrière Sainte-Marie, sur l'emplacement du couvent de la Visitation.

2. Voir arrêtés du Conseil général des hospices, 10 mai, 27 septembre 1809.

3. Arrêté du Conseil général des hospices, 2 mai 1810. On peut noter également le transfert du bureau de la division de Brutus dans une maison de la rue du Gros-Chenet appartenant aux hospices et déjà partiellement occupée par une école de charité.

4. Subvention de 2,500 francs; arrêté du Conseil général des hospices du 1er juillet 1812.

5. Arrêté du Conseil général des hospices du 16 décembre 1812. Le curé de Saint-Germain-des-Prés contribue pour une somme de 1,500 francs par an. La rue des Boucheries est aujourd'hui la rue de Condé.

sont transférées dans une maison de la rue des Boucheries, n° 49; en 1813, deux écoles de charité de garçons sont ouvertes dans la division du Palais-Royal[1] et en 1814 un secours annuel de 600 francs est accordé aux écoles de la paroisse de Saint-Jacques-du-Haut-Pas[2] fondées en 1806.

On peut dire que la réorganisation des écoles de charité était complète. La somme globale des subventions que leur consacrait le Conseil général des hospices avait suivi de 1804 à 1813 la progression suivante :

ANNÉES.	NOMBRE D'ÉCOLES.	SOMMES ACCORDÉES.
1804	19	21,250 fr. »»
1805	21	24,484 »»
1806	29	33,572 »»
1807	42	51,729 »»
1808	43	51,598 »»
1809	43	50,855 »»
1810	45	52,455 »»
1811	47	56,835 »»
1812	47	56,835 »»
1813	50	59,260 »»

Dans ces sommes sont compris le crédit de 2,776 francs accordé en 1807 au Comité central du Xe arrondissement pour contribution aux frais de ses écoles, auxquelles les bureaux de la Monnaie, du faubourg Saint-Germain et de Saint-Thomas-d'Aquin envoient leurs enfants, crédit porté à 4,000 francs à partir de 1809, et la subvention de 1,200 francs attribuée depuis 1811 aux dames de la Croix, établies rue Moreau-Charenton[3], qui donnaient l'instruction à 100 jeunes filles indigentes du VIIIe arrondissement[4].

1. Subvention de 1,800 francs; arrêté du Conseil général des hospices du 28 juillet 1813.

2. Arrêté du Conseil général des hospices du 5 octobre 1814.

3. Aujourd'hui partie de l'avenue Ledru-Rollin.

4. D'après un état des livres de prix distribués en 1809 aux écoles du XIIe arrondissement, nous voyons que l'instruction religieuse primait alors toutes les autres connaissances; ce sont : l'Imitation de J.-C., la Bible de Royaumont, les Pensées chrétiennes, l'Instruction de pénitence, l'Ancien Testament, auquel on ajoute l'Histoire de France de Ragon et les Fables de La Fontaine (délibérations de la section de l'Observatoire; Arch. de l'Assistance publique).

Le Conseil général des hospices avait également, sur la demande du ministre de l'Intérieur, par arrêté du 14 mai 1806, accordé au bureau de bienfaisance de la division de l'Indivisibilité une somme de 225 francs pour secourir les anciennes religieuses du monastère de Sainte-Élisabeth[1], réunies au nombre de vingt-deux, rue Vieille-du-Temple, n° 126, au coin de la rue Saint-François, somme portée à 275 francs en 1807, à condition que le secours accordé à chacune d'elles s'éteindrait à son décès; ces religieuses avaient ouvert une école gratuite; en 1818, elles étaient au nombre de trente-deux, et la subvention du Conseil général des hospices était de 362 francs, payée sur le fonds des secours extraordinaires, sur la proposition du maire du VIIIe arrondissement[2].

Les bureaux de bienfaisance qui n'avaient pas dans leur arrondissement d'école de charité touchaient du Conseil général des hospices un secours de vingt-cinq sous par mois pour chaque enfant placé chez les instituteurs ou institutrices de leur quartier.

D'après l'état dressé en 1807 par les commissaires de police de Paris, le nombre des enfants des deux sexes était de 148,574; on les divisait en trois classes : ceux qui ne peuvent encore suivre les écoles (les enfants au-dessous de cinq ans), ceux qui sont dans le cas de s'y rendre (de cinq à douze ans), ceux qui ont passé l'âge ordinaire d'y aller (au-dessus de douze ans); la première classe estimée de 49 à 50,000, soit cinq quinzièmes, la deuxième, de cinq à douze ans, représentant 69,334 enfants, soit sept quinzièmes, la troisième, au-dessus de douze ans, estimée de 29 à 30,000, soit trois quinzièmes; il faut ajouter que dans ces 69,334 enfants susceptibles de fréquenter l'école étaient comptés ceux qui étaient instruits dans leur famille, ou qui avaient un maître particulier, ou qui fréquentaient un établissement d'enseignement secondaire, collège ou lycée. En 1814, il n'y avait encore que 6,807 enfants qui trouvaient de la

---

1. Les Filles de Sainte-Élisabeth, autorisées par lettres patentes de janvier 1614, occupaient sous l'ancien régime un enclos d'une valeur de 300,000 francs; Marie de Médicis posa le 14 avril 1628 la première pierre de leur couvent, dont la chapelle est devenue la paroisse Sainte-Élisabeth. Elles étaient en 1790 au nombre de trente-trois, plus douze converses (Arch. nat., L. 957 et 1060).

2. Arrêté du Conseil général des hospices du 15 avril 1818.

place dans les écoles de charité; on juge par ce chiffre du nombre de ceux qui échappaient à toute instruction[1].

D'après le *Rapport* de Pastoret, publié en 1816[2], l'état des écoles était le suivant en 1814 :

Dans le Ier arrondissement, le quartier du Roule a une école rue de la Ville-l'Évêque, entretenue par des dames de charité, dirigée par les sœurs, et recevant également les filles du quartier de la place Vendôme.

Dans le IIe arrondissement, pour le quartier du Palais-Royal, seuls les garçons ont une école, celle de la paroisse Saint-Roch; les filles sont envoyées chez une institutrice particulière, à laquelle le bureau paye 444 francs.

Dans le IIIe arrondissement, le quartier du faubourg Poissonnière envoie environ vingt-huit garçons chez des instituteurs, rue du Faubourg-Saint-Denis, auquel il paye 2 francs par mois pour chaque enfant; l'école des filles est rue de Bellefonds, no 7. L'école de garçons, rue du Gros-Chenet[3], no 21, est commune au quartier du Mail et au quartier Montmartre; les filles sont envoyées à l'école primaire, à laquelle le bureau accorde 200 francs par an. Pour le quartier Saint-Eustache, le bureau remet 1,500 francs au curé de Saint-Eustache pour payer les instituteurs des écoles de la rue Montmartre, de la rue Montorgueil, et des trois autres écoles qu'il dirige.

Dans le IVe arrondissement, le quartier de la Banque-de-France n'a pas d'écoles; il envoie quarante-sept garçons dans l'école de la rue Montorgueil et cinquante-trois filles dans celle de la rue Montmartre, à qui il donne 200 francs par an. Le quartier des Marchés possède une école de garçons, rue de la Cossonnerie, no 22, mais pas d'école de filles.

Dans le Ve arrondissement, l'école des filles est faubourg Saint-Martin, no 105; les garçons sont envoyés chez un instituteur, rue de la Fidélité, et le surplus des filles chez une insti-

1. L'importance de la fréquentation scolaire n'avait pas échappé à l'Université impériale. Cuvier avait été chargé, par décret du 17 octobre 1810, d'étudier les établissements d'enseignement public avec mission de « prendre de l'instruction primaire une connaissance détaillée », mais son rapport resta sans effet (E. Rendu, *Ambroise Rendu et l'Université de France*. Paris, 1861, in-8°, a résumé ce rapport, p. 71).

2. *Rapport sur l'état des hôpitaux, hospices, secours, de 1804 à 1814*, p. 360 et suiv. (Bibl. de l'Assistance publique, E2 73).

3. Actuellement partie de la rue du Sentier.

tutrice, faubourg Saint-Martin, n° 88. Au quartier Bonne-Nouvelle, l'école des filles est rue de la Lune, n° 14, et l'école des garçons « sous le chœur de l'église ». Pour le quartier Montorgueil, l'école des filles est rue Saint-Sauveur, n° 9, et une école de garçons vient de se fonder rue Française, grâce à la bienfaisance des habitants du quartier.

Dans le VIe arrondissement, le quartier de la porte Saint-Denis n'a aucune école, celui de Saint-Martin-des-Champs a une école de garçons, rue des Fontaines, n° 21, et une école de filles, rue Aumaire, n° 20; le quartier des Lombards a ses filles, rue Saint-Denis, n° 184, et ses garçons, cul-de-sac de Venise; celui du Temple, ses garçons, rotonde du Temple, n° 19, et ses filles, rue Boucherat, n° 12[1].

Dans le VIIe arrondissement, le quartier Sainte-Avoye a son école de garçons, rue Beaubourg, n° 13, et son école de filles, cloître Saint-Merry, n° 11; le quartier du Mont-de-Piété a une école de garçons, rue Vieille-du-Temple, n° 77, mais envoie cinquante filles chez une institutrice; le quartier du Marché-Saint-Jean n'a pas d'école; il envoie les garçons chez des instituteurs, rue des Mauvais-Garçons et rue du Roi-de-Sicile, les filles rue Saint-Antoine et de la Verrerie; le quartier des Arcis a son école de garçons rue de la Coutellerie, n° 8, et de filles rue du Petit-Crucifix[2].

Dans le VIIIe arrondissement, le quartier des Marais n'a pas d'écoles et envoie les enfants dans les écoles primaires du quartier, moyennant 150 francs; le quartier Popincourt a une école de garçons, rue Saint-Ambroise, n° 2, et de filles, rue Saint-Sébastien, n° 52; il envoie de plus environ trente filles dans une école, rue Saint-Bernard, pour lesquelles il paye 200 francs par an; le quartier du faubourg Saint-Antoine a ses écoles de garçons et de filles, rue Saint-Bernard, n°s 31, 35 et 39. Le quartier des Quinze-Vingts a son école de garçons rue Lenoir, n° 4[3], et de filles place du Marché-Beauveau[4].

Dans le IXe arrondissement, le quartier de l'Ile-Saint-Louis a une école de garçons rue Saint-Louis, n° 62, et de filles

1. Actuellement rue de Turenne depuis 1865.
2. Supprimée en 1852; elle allait de la rue de la Vannerie à la rue des Écrivains, également supprimées.
3. Actuellement partie de la rue d'Aligre.
4. Actuellement place d'Aligre.

rue Poulletier, n° 3; le quartier de l'Hôtel-de-Ville, ses deux écoles rue de la Mortellerie[1]; le quartier de la Cité une école de filles, 6, rue de la Colombe, qui lui est commune avec le quartier du Palais-de-Justice (XIe arrondissement); de plus, il envoie 120 garçons chez un instituteur, cul-de-sac Saint-Martial, moyennant 1,200 francs; le quartier de l'Arsenal a son école de garçons rue du Petit-Musc, n° 10, et de filles rue Saint-Antoine (passage Saint-Pierre).

Dans le Xe arrondissement, il y a une école de filles rue Saint-Dominique, n° 45, pour le quartier des Invalides, dont les garçons sont envoyés, au nombre de 200, dans une école même rue, à côté de l'église du Gros-Caillou, entretenue aux frais de la marquise de Trans[2]; les trois autres quartiers, Monnaie, Saint-Thomas-d'Aquin, faubourg Saint-Germain, envoient leurs enfants dans les neuf écoles fondées par la Société de charité du Xe arrondissement, à qui le Conseil général des hospices octroie une subvention annuelle de 4,000 francs[3].

Dans le XIe arrondissement, le quartier du Luxembourg a son école de garçons cul-de-sac Férou, n° 2, et celle de filles rue Férou, n° 18; celui de l'École-de-Médecine, ses garçons rue Pavée-Saint-André-des-Arts, n° 13[4], et ses filles rue des Poitevins, n° 12; le quartier Saint-Séverin possède une école de filles rue des Prêtres-Saint-Séverin et rue des Bernardins, n° 11, école entretenue avec une rente annuelle de 500 livres léguée par la veuve Duparcq[5]; le quartier du Palais-de-Justice envoie ses filles rue de la Colombe, dans le quartier de la Cité, et ses garçons chez un instituteur, cul-de-sac Saint-Martial[6].

---

1. Actuellement rue de l'Hôtel-de-Ville.

2. On lit encore sur une plaque de marbre au-dessus de la porte : *École de La Rochefoucauld-Doudeauville. Première école gratuite fondée à Paris en 1803 par la marquise de Villeneuve-Trans.*

3. Voir arrêté du Conseil général des hospices du 30 janvier 1822.

4. Actuellement rue Séguier.

5. Voir *Bulletin des lois*, décret du 30 mai 1806, p. 588. Legs fait en faveur des petites filles de la succursale de Saint-Benoît de Paris, accepté par le bureau de bienfaisance de la division des Thermes. Voir aussi l'état des rentes et autres revenus légués aux pauvres; 1829 (Bibl. de l'Assistance publique, F² 17, p. 175).

6. Supprimé en 1860; il était situé rue Saint-Éloi, dans la Cité.

Dans le XIIe arrondissement, le quartier Saint-Jacques possède une école de filles place Maubert, mais envoie ses garçons chez un instituteur particulier; le quartier Saint-Marcel a son école de garçons rue des Trois-Couronnes, n° 8[1], et de filles rue des Francs-Bourgeois, n° 2; le quartier de l'Observatoire a son école de garçons rue de l'Arbalète, n° 3, et de filles rue Saint-Jacques, n° 255; le quartier du Jardin-des-Plantes a son école de garçons rue Saint-Victor, n° 12[2].

TABLEAU RÉSUMÉ

DES ÉCOLES DE CHARITÉ DES DOUZE ARRONDISSEMENTS ET DE LEURS DÉPENSES.

ARRONDISSEMENTS	ENFANTS ADMIS		DÉPENSES DE CHAQUE ÉCOLE PAR LE BUREAU DE BIENFAISANCE		SOMME ACCORDÉE PAR LE CONSEIL GÉNÉRAL DES HOSPICES	TRAITEMENT DES INSTITUTEURS ET INSTITUTRICES
	GARÇONS	FILLES	GARÇONS	FILLES		
Ier	355	375	5,398 fr.	2,763 fr.	5,240 fr.	4,699 fr.
IIe	224	96	3,390	2,929	3,900	4,500
IIIe	140	158	1,922	1,388	3,900	2,700
IVe	50	»»	717	»»	500	500
V[e]	70	290	750	3,888	4,700	2,578
VIe	590	380	5,800	3,427	7,500	5,590
VIIe	438	292	6,803	2,143	6,005	4,150
VIIIe	478	468	5,436	5,744	6,555	6,290
IXe	355	435	4,500	6,589	7,500	7,372
X[e]	»»	250	»»	2,520	4,000	1,200
XIe	240	412	3,300	3,898	5,760	4,500
XIIe	341	370	4,880	4,199	8,100	6,500
Total	3,281	3,526	42,896 fr.	37,488 fr.	63,660 fr.	50,579 fr.
	6,807 élèves		80,384 francs			

Les maîtres et maîtresses de ces écoles nous sont déjà connus; les congrégations de l'ancien régime ont reconstitué leur personnel, animé des mêmes principes. Nous retrouvons par-

1. Actuellement partie de la rue d'Angoulême.

2. Les filles sont envoyées dans une école rue Saint-Étienne-du-Mont, entretenue par le curé, à qui les hospices donnent 400 livres par an.

tout, plus puissantes et plus nombreuses, les Filles de la charité. Nous rappellerons, à titre d'exemple, le règlement de l'une des écoles qu'elles desservent, celle de la rue des Poulies[1].

Les heures de classes pendant les huit mois de la belle saison sont de 8 heures à midi et de 2 à 5 heures; pendant les quatre mois d'hiver (novembre à mars), de 9 heures du matin à 1 heure; il n'y a point d'école l'après-midi. L'un des commissaires délégués des trois bureaux (Muséum, Gardes-Françaises, Tuileries) visite chaque samedi l'école; il y a également un trésorier de l'école, pris parmi les trois bureaux de bienfaisance réunis, et dont les fonctions durent un an. Les élèves non catholiques sont tenues d'apporter une attestation du ministre de leur culte certifiant qu'ils travaillent à leur instruction religieuse.

La maitresse des filles doit avoir trente ans accomplis; les informations les plus exactes sont prises sur son caractère et ses mœurs; elle doit être suffisamment instruite pour enseigner aux enfants les principes de la religion, leur montrer à lire, écrire, compter et travailler à l'aiguille; elle est soumise à toutes les règles de la maison de secours, où elle est logée, nourrie, chauffée, et reçoit les mêmes appointements que les sœurs chargées des malades et de la marmite des pauvres.

A l'ouverture et à la clôture de la classe, la sœur fait faire la prière..., elle emploie vis-à-vis des enfants les punitions « qui peuvent toucher davantage leur sensibilité... », elle doit exiger que les enfants arrivent à l'école les mains lavées, les cheveux peignés et en ordre, noter ceux qui manquent, faire balayer tous les jours matin et soir la classe et l'escalier de l'école par deux jeunes filles, à tour de rôle.

Si quelques jeunes filles de l'école plus âgées et plus adroites peuvent enseigner aux plus jeunes, la maîtresse leur tiendra compte des soins qu'elles prendront et elles en seront récompensées; nous voyons déjà poindre les méthodes d'enseignement mutuel.

Pour être admis à l'école, l'enfant doit être présenté par l'un des trois bureaux de bienfaisance; un administrateur visite

1. Bibl. de l'Assistance publique, Recueil factice, in-12, F² 5 (E), an XI (1803). Elles avaient repris leur costume dès le mois d'octobre 1802 (Jauffret, *Mém. sur les aff. eccl. de France*, 3 vol. in-8°, t. I, p. 265).

le père et la mère de l'enfant ou, à défaut, les parents qui en prennent soin et constate qu'ils ne sont pas en état de satisfaire aux frais de son instruction. Toute demande d'admission doit être accompagnée du certificat de l'officier de santé de la division. Le nombre des enfants admis ne peut excéder cinquante.

Enfin, le règlement porte qu'il doit se tenir une réunion mensuelle de surveillance, où peuvent assister les bienfaiteurs et bienfaitrices[1].

En 1802, les Frères des Écoles chrétiennes du faubourg Saint-Antoine, qui avaient fermé leurs écoles sur l'ordre de la Convention[2], le 14 germinal an II [3 avril 1794], avaient reformé leur association avec l'appui d'un groupe d'amis de Port-Royal, parmi lesquels se trouvait le maire du XIe arrondissement, Camet de la Bonnardière. Leur chef-lieu était rue Saint-Jacques, n° 169. Ils étaient dirigés par le frère Hureau[3]. Leurs statuts avaient été approuvés en 1812 par le grand maître de l'Université[4]. Leurs classes étaient divisées en deux sections : une grande et une petite, et, dans chacune, ils distribuaient aux écoliers les plus capables un certain nombre de fonctions; ainsi dans la grande classe, il y avait dix « charges » : sous-maître, secrétaire, censeur, sous-censeur, conducteur, portier, bibliothécaire, sous-bibliothécaire, balayeurs. Les livres dont ils se servaient étaient : le *Catéchisme historique*, l'*Histoire abrégée de l'Ancien Testament*, le *Psautier latin*, la *Civilité* de J.-B. de la Salle, le *Syllabaire* et la *Carte alphabétique*. Un article du règlement ajoutait : « Les maîtres joindront, autant qu'il se pourra, aux instructions, des histoires tirées de l'Ancien et du Nouveau Testament, des vies de saints, de l'histoire ecclésias-

1. On lit en effet dans le *Journal des Débats* du 19 thermidor an X (2 août 1802) : « Les règlements qui ont été proposés par la bienfaitrice et adoptés par les administrateurs de la maison assurent le succès de ce précieux établissement ».

2. Voir L. Renaud, *Mémoire historique sur la ci-devant communauté des écoles chrétiennes du faubourg Saint-Antoine*. Paris, chez l'auteur, rue de Lap[p]e, n° 29.

3. Sur le rôle du frère A.-B. Hureau, voir A. Gazier, *les Écoles de charité du faubourg Saint-Antoine*, 1906, in-8°, p. 33 et suiv.

4. *Université royale. Extrait de la règle des Écoles tenues par les Frères de la Société des écoles chrétiennes de Saint-Antoine*, brochure in-12 (Bibl. nat., Ld^29 2).

tique, mais toujours dans de bons auteurs, et l'on tâchera d'en choisir qui aient rapport aux sujets que l'on traite. Par cette manière de catéchiser, on marchera, quoique de loin, sur les traces de Fénelon, de Bossuet, de Rollin qui l'ont si fortement recommandée et pratiquée avec succès. » Le seul instrument de discipline qui fût autorisé dans leurs classes était la férule de cuir, sans manche, pour frapper « dans la main et non ailleurs ».

Les Frères des Écoles chrétiennes avaient également repris leurs postes et, dès 1803, ils avaient été appelés à réouvrir leur école du Gros-Caillou, sous la direction du frère Gerbaud, grâce aux libéralités de Mlle de Chamillard, qui, sauvée de l'échafaud, en 1793, par la population de ce quartier, était devenue la marquise de Villeneuve-Trans.

A l'occasion du décret du 3 messidor an XII supprimant les congrégations non autorisées, le gouvernement leur avait demandé leurs statuts, que le Conseil d'État, après avoir tergiversé, adopta par arrêté du 4 août 1810[1]. Si nous en croyons Pelet de la Lozère[2], Napoléon avait plus d'une fois pris la parole en leur faveur, et le décret organique de l'Université de France du 17 mars 1808 leur avait déjà donné droit de cité en spécifiant qu'ils seraient brevetés, encouragés par le grand maître qui viserait leurs statuts intérieurs, les admettrait au serment, leur prescrirait un habit particulier et ferait surveiller leurs écoles. L'autorisation du grand maître de l'Université fut en effet exigée sous l'Empire pour l'ouverture des écoles confiées aux frères par les bureaux de bienfaisance ou pour le remplacement des laïques par des frères[3]. Leur traitement était, dans toutes les écoles, de 700 fr.

---

1. Arch. nat., F17 78108. A. Rendu, *Système de l'Université de France*. Paris, 1816, in-8°; a reproduit, p. 190, le texte des statuts tels qu'ils furent adressés au Conseil d'État.

2. Pelet de la Lozère, *Opinions de Napoléon*, 1833, in-8°, p. 163-173 (cité par A. Aulard, dans *Napoléon et le monopole universitaire*. Paris, 1911, in-12, p. 162).

3. Arch. nat., F17 1761. Remplacement des laïcs par des frères à l'école de la division de l'Homme-Armé (arrêté du bureau de bienfaisance du 27 novembre 1810 et autorisation du grand maître de l'Université, 6 février 1811).

La réorganisation des bureaux de charité en 1816 et les fondations d'écoles de 1816 à 1833.

Les loisirs de la paix allaient permettre au gouvernement de la Restauration de s'occuper des questions d'enseignement avec plus de suite que ne l'avait fait le gouvernement impérial. L'ordonnance du 2 juillet 1816, créant à Paris douze bureaux de charité, est muette sur les écoles, mais l'instruction ministérielle du 28 août suivant définit ainsi les devoirs de l'administration hospitalière : « Le pauvre néglige souvent l'éducation de ses enfans, soit parce qu'il n'en sent pas l'importance, soit parce que, tout occupé des besoins corporels et du soin d'y pourvoir, il oublie ce qu'il leur doit, ou les emploie de manière à ne pas leur laisser même le temps d'apprendre à lire et à écrire. C'est aux protecteurs des pauvres à prévenir ce mal. En assistant les père et mère, s'ils en ont besoin, et les enfans dont on les décharge, au moins en partie, les Bureaux acquièrent le droit d'exiger d'eux l'assiduité aux écoles. » D'autre part, l'arrêté ministériel du 19 juillet 1816[1] avait précisé le rôle des bureaux de charité en spécifiant, à l'article 34, que « nul indigent ne recevra de secours s'il n'envoie son enfant aux écoles ».

C'était en apparence le retour aux idées qui inspiraient les écoles paroissiales de l'ancien régime. Pourtant, ces idées avaient évolué. Un mot nouveau, hérité du XVIIIe siècle, la philanthropie, s'était glissé dans les études des théoriciens et amenait avec lui un cortège de notions nouvelles. Dans le rapport annuel de 1824 de la Société de morale chrétienne, société où se retrouvent des hommes comme le baron d'Haussez, Mathieu Dombasle, Germain Garnier, Ganilh, Droz, on lit : « La philanthropie, c'est-à-dire la méthode philosophique d'aimer et de servir l'humanité, est plutôt votre bannière que la charité qui est le devoir chrétien d'aimer et de secourir son prochain. La charité est satisfaite quand elle a soulagé l'infortune, la philanthropie ne peut l'être que lorsqu'elle l'a prévenue[2]. »

1. Cet arrêté ne figure pas au *Bulletin des lois*, mais il se trouve cité dans le *Recueil de réglemens et d'instructions pour l'administration des secours publics*. 1 vol. in-8°, 1829, p. 53, 61 (Bibl. de l'Assistance publique, F² 17).

2. G. Cahen, *l'Économie sociale chrétienne et la colonisation agricole*

Un économiste chrétien, Villeneuve-Bargemont[1], et d'autres avec lui, présentaient des vues hardies sur l'application du christianisme aux organisations sociales. Mais c'est surtout dans les méthodes d'enseignement que nous allons voir, autour des écoles de charité, se livrer le combat des doctrines et se faire jour l'esprit nouveau de la société, transformée par la Révolution.

Dans son rapport au Conseil général des hospices, à la séance du 28 août 1816, distribué aux bureaux de charité[2], le préfet Chabrol, commentant l'ordonnance royale du 2 juillet 1816, ne craint pas d'attirer l'attention sur l'importance « politique de l'organisation nouvelle ». Il s'agit, en multipliant les administrateurs, en précisant leurs attributions, de surveiller l'esprit de la population indigente, de la population des faubourgs, dont on craint toujours les emballements et les menées, au sortir de la Révolution : « En matière de secours publics, écrit-il, l'avantage du pauvre se trouve d'accord avec celui du gouvernement qui l'assiste; mais on peut dire qu'il n'est que secondaire et que le premier, le principal but du gouvernement, est de pourvoir à son propre intérêt, à sa sûreté et à celle de l'État. » La distribution des secours tient essentiellement à l'ordre public. « Il est nécessaire que l'influence du gouvernement se fasse continuellement sentir jusqu'aux extrémités des canaux par lesquels passent les secours qu'il accorde; qu'il ait la certitude qu'ils sont distribués dans son intérêt et selon ses intentions. » Les écoles de charité seront à ce point de vue d'une grande importance. La surveillance des administrateurs des bureaux doit s'ajouter, sous ce rapport, à celle des comités cantonaux créés par l'ordonnance royale du 29 février 1816[3].

sous la Restauration et la monarchie de Juillet, dans *Revue d'économie politique*, juin 1903.

1. Vicomte Alban de Villeneuve-Bargemont, *Économie politique chrétienne ou recherches sur la nature et les causes du paupérisme*. Bruxelles, 1837, in-4°. Dans le chapitre XVI du livre V consacré aux écoles charitables et gratuites pour les enfants indigents, il reprend les idées de Locke dans un rapport de 1697 sur les écoles de travail des paroisses.

2. *Ordonnance du roi et arrêté du ministre de l'Intérieur relatifs aux secours à domicile dans Paris*, 1816, in-8°, p. 41 (Bibl. de l'Assistance publique, F² 7).

3. Il y avait d'autre part à l'Hôtel-de-Ville un *Conseil d'instruction primaire*, créé par le préfet Chabrol, et qui siégea jusqu'en 1833; ce conseil

« Il ne suffit pas, ajoute le préfet, d'apprendre aux enfants à lire, à écrire et à compter, il faut surtout profiter du temps qu'ils sont obligés de donner à ces premières études pour leur former le cœur et y jeter les semences de la religion dont la doctrine leur apprendra à faire un bon usage de ce qu'ils sauront et les dirigera dans tout le cours de leur vie pour l'accomplissement de leurs devoirs. » Le préfet ajoute le devoir d'exiger des parents l'assiduité à l'école. Dans une classe de la population entièrement préoccupée de ses besoins matériels, c'est aux « protecteurs des pauvres » qu'il appartient de veiller au relèvement de la famille par l'éducation. Pendant vingt années, de 1816 à 1836, les bureaux de charité ont suivi fidèlement ces instructions et se sont conformés, avec une ardeur et un dévouement absolus, à la mission politique autant que morale qui leur était confiée.

Des créations nouvelles, soutenues par la charité publique, ne cessent de se produire. En 1820, le bureau de charité du Ier arrondissement ouvre l'école chrétienne de Saint-Phillippe-du-Roule, en mémoire du duc de Berry qui, peu de jours avant sa mort, avait dit : « Je voudrais créer une école dans mon quartier, une école où les enfants pauvres apprissent ce dont ils ont besoin, mais n'apprissent que ce qu'il faut savoir, et j'ai pensé à la mettre dans les mains des Frères[1]. » Cette école, installée rue Verte, n° 22[2], en décembre 1820, dans le voisinage de l'Élysée, s'appela sous la Restauration *école de Berry*.

L'année précédente, le XIIIe arrondissement avait installé ses écoles dans une maison de la rue Saint-Sébastien.

Des écoles sont ouvertes, en 1819, dans le IIIe arrondissement et le VIe arrondissement, rue des Fontaines, n° 21; dans le IVe, rue Jean-Lantier; en 1821, dans le Ve, rue Saint-Denis, n° 313, ancien enclos de l'hôpital Sainte-Catherine; en 1824, rue des Fossés-Saint-Victor[3].

était composé de onze membres nommés le 3 novembre 1815 : La Rochefoucauld-Liancourt, La Rochefoucauld-Doudeauville, Pastoret, de Gérando, de Laborde, de Lasteyrie, Delessert, Mathieu de Montmorency, Camet de la Bonnardière, Jomard, l'abbé Gaultier.

1. *Rapport de M. de Pastoret, secrétaire honoraire du Bureau de charité du Ier arrondissement de Paris*, 1820, p. 5.

2. Aujourd'hui rue de Penthièvre.

3. Arrêtés du Conseil général des hospices, 20 décembre 1819, 21 mars 1821, 1er juillet 1821, 8 décembre 1824.

Les catholiques ne jouissaient pas seuls de la générosité du Conseil général des hospices. En 1827[1], un secours de 2,400 francs est accordé au consistoire de la Confession d'Augsbourg pour ses écoles de la rue des Billettes, du faubourg Poissonnière et de la rue Saint-Antoine, et pour créer des écoles dans d'autres quartiers; ce secours est continué pendant les exercices suivants. De son côté, l'Église réformée reçut, à partir de 1829, une allocation annuelle de 2,000 francs pour ses écoles[2], sur la demande des pasteurs Marron et Monod. L'école de la rue des Billettes touchait également des subsides du gouvernement, 500 francs en 1830, 750 en 1831[3].

En 1827, l'école des garçons de la rue de la Cossonnerie est transférée rue de la Chanvrerie, nos 19 et 21 (IVe arrondissement).

En 1828, les écoles du Gros-Caillou sont agrandies par l'acquisition de la maison, rue Saint-Dominique, no 56, achetée au vicomte de La Rochefoucauld. La même année, l'administration des hospices achète un terrain, rue des Récollets, nos 13 et 15, moyennant 66,300 francs, pour y construire des écoles, rachetées par la Ville au prix de 146,000 francs en 1845.

En 1829[4], une école est installée, no 9, rue de Varenne, dans une maison appartenant au duc d'Havré, et précédemment à la duchesse de Gesvres, qui la louait aux hospices depuis 1802; une maison est louée rue des Trois-Bornes dans le VIe arrondissement pour y installer une école de Frères[5]; une subvention de 2,000 francs est accordée au bureau de bienfaisance du IIe arrondissement pour contribuer aux frais d'ameublement du nouvel immeuble des Frères, rue de Fleurus[6].

En 1830, une école de Frères est installée rue du Vert-Bois, l'école de charité du Ier arrondissement est transférée rue du Rocher, dans une maison louée 3,500 francs, et des écoles sont contruites rue Montgolfier.

En 1831, les écoles de garçons du Ier arrondissement sont transférées rue de Longchamps à Chaillot.

---

1. Arrêtés du Conseil général des hospices, 5 décembre 1827, 28 octobre 1829, 13 octobre 1830.
2. Ibid., 30 septembre 1829, 6 octobre 1830, 17 octobre 1832.
3. Arch. nat., F17 1783.
4. Arrêté du Conseil général des hospices, 25 mars 1829.
5. Ibid., 25 novembre 1829.
6. Ibid., 1er avril 1829.

Enseignement	Nombre des Instituteurs	Nombre des Écoles	Désignation des écoles	Élèves Garçons	Élèves Filles	Élèves Total	Rapport avec le nombre des enfants de 5 à 15 ans (118,042) 1 sur	Rapport avec le nombre des enfants de 5 à 12 ans (95,951) 1 sur
Gratuit . . .	22	22	Primaires	806	946	1,852		
	22	22	Fondations diverses.	683	801	1,484		
	2	2	Culte réformé. . .	71	95	166		
	3	3	— protestant . .	65	68	133		
	1	1	— hébraïque . .	94	73	167		
	158	72	École de charité . .	6,404	5,495	11,899	9,08	8,06
Total. . . .	208	122	Écoles du 1er degré.	8,123	7,478	15,601	7,56	6,15
Non gratuit .	281	281	Écoles ayant titre .	7,405	2,576	9,981	11,83	9,51
Totaux . . .	489	403	Totaux	15,528	10,054	25,582	4,61	3,75

En 1832, une maison, rue de Bellefonds, n° 7, est louée 2,600 francs pour le service des secours et des écoles des IIe et IIIe arrondissements.

Les maisons louées ou bâties par les bureaux affectent de plus en plus la forme de maisons de secours, où le dispensaire et l'école sont installés côte à côte. En 1818, celle des divisions de la Butte-des-Moulins et des Gravilliers possédait même quatre « hospitalières ».

Mais, malgré les acquisitions et les transformations d'immeubles, les locaux restaient, pour la plupart, défectueux et malsains. Les enfants de l'école de la rue Aumaire sont entassés, avoue le rapport de 1835, plutôt que placés, dans des chambres basses, peu éclairées et point aérées, et l'école des filles du faubourg Saint-Martin, écrit le rapporteur de 1833, contient dans une pièce à mansarde, sous les combles, 160 fillettes de sept à huit ans serrées de manière à ne laisser aucun espace entre les bancs.

Le tableau de l'instruction élémentaire dans la ville de Paris, publié d'après le *Recueil publié d'après les ordres du préfet, comte de Chabrol*[1], fait ressortir, pour l'année 1828, le nombre d'enfants profitant de l'instruction gratuite ou non gratuite par rapport au nombre total des enfants existants (voir page 331).

Une pareille statistique dressée en 1821 n'accusait qu'un enfant sur 6,24 de cinq à quinze ans et un sur 4,41 de cinq à douze ans profitant de l'instruction élémentaire. Comme, sous l'ancien régime, il se glissait parmi la clientèle des écoles de charité des enfants de parents non inscrits au Bureau de bienfaisance, la proportion en était même assez forte en 1829 dans certaines écoles, 178 contre 98 rue J.-Lantier, 126 contre 35 rue de la Chanvrerie, 134 contre 101 rue des Poulies. Aussi, pour faire cesser ces abus, le Conseil général des hospices prescrivit, par arrêtés des 11 mars et 6 mai 1829, la remise à l'administration d'états nominatifs des enfants fréquentant les écoles dans le mois qui suivra l'ouverture des classes. Il y avait eu en sept ans un accroissement très sensible. Mais ce tableau fait surtout ressortir l'importance des ecoles de charité et de leur clientèle au milieu des autres écoles « de premier degré », qui correspond à notre instruction primaire actuelle.

1. Paris, Impr. royale, 1829, in-4°, tableau 98.

Voici d'ailleurs quelle fut la progression de la population de ces écoles de 1819 à 1827 :

ANNÉES	NOMBRE DES ÉCOLES			NOMBRE DES ÉLÈVES		
	Garçons	Filles	Total	Garçons	Filles	Total
1819	37	36	73	4,769	4,654	9,423
1820	42	46	88	4,875	4,830	9,705
1821	36	34	70	4,829	4,380	9,209
1822	37	39	76	5,137	5,012	10,149
1823	38	41	79	5,318	5,234	10,152
1824	39	42	81	5,479	5,415	10,894
1825	38	41	79	5,502	5,543	11,045
1826	36	41	77	5,502	5,543	11,045
1827	40	40	80	6,535	5,590	12,125

La situation des écoles de charité, en 1835, au moment où le Conseil général des hospices est dessaisi de leur administration était la suivante[1] :

Arrondissements	NOMBRE D'ÉCOLES			NOMBRE D'ÉLÈVES			DÉPENSES	Population de l'arrondissement en 1835	Nombre des familles indigentes ayant des enfants au-dessous de douze ans[2]
	Garçons	Filles	Total	Garçons	Filles	Total			
Ier	3	2	5	590	400	990	18,214 fr. 50	66,793	590
IIe	2	3	5	485	500	985	18,243 70	74,773	390
IIIe	2	1	3	560	300	860	14,943 50	49,833	337
IVe	2	1	3	472	295	775	14,048 95	44,734	571
Ve	2	2	4	600	540	1,140	14,912 50	67,756	739
VIe	4	3	7	1,120	730	1,850	27,587 91	80,811	1,181
VIIe	2	2	4	510	460	970	15,672 »»	59,415	554
VIIIe	3	4	7	728	637	1,365	22,022 95	72,800	682
IXe	3	3	6	487	465	952	15,829 50	42,561	689
Xe	5	6	11	1,030	1,042	2,072	21,395 84	83,127	770
XIe	3	3	6	486	425	911	20,023 50	50,227	543
XIIe	6	6	12	1,225	1,354	2,579	37,077 45	77,456	2,144
Totaux	37	36	73	8,293	7,048	15,449	239,971 fr. 40	770,286	9,139

1. De Gérando, *op. cit.*, t. II, p. 476.
2. Il existait 21,820 ménages d'indigents n'ayant pas d'enfants au-des-

Dans la dépense totale, les écoles de filles entraient seulement pour 88,134 francs et celles des garçons pour 150,159 francs, ce qui donne pour chaque fille, et par an, un prix de revient d'éducation de 12 fr. 50, et pour chaque garçon de 18 fr. 10.

D'après les statistiques fournies par les bureaux, il y avait dans les écoles de charité en 1833, 166 élèves pour un instituteur, et 102 élèves pour une institutrice. La dépense moyenne par année, pour l'éducation d'un garçon, était dans cinq arrondissements (les IIIe, V^e^, VIIe, XIe et XIIe) de 11 fr. 51 et celle d'une fille de 8 fr. 35. Le total des enfants des deux sexes fréquentant les écoles de charité était dans le rapport de un enfant à trente-huit habitants dans le XIIe, proportion la plus forte, de un sur quatre-vingt-un dans le IIIe, proportion la plus faible, et de un sur cinquante-neuf en moyenne générale.

Des classes d'adultes avaient été, le soir, ouvertes, à partir de 1820, à l'imitation des *Adult Institutions*, créées en Angleterre de 1811 à 1815, dans diverses écoles de Frères qui recevaient de ce fait une indemnité du Conseil général des hospices. Il en existait en 1835 dans les écoles des rues de la Bienfaisance, d'Argenteuil, du Vert-Bois, Saint-Bernard, Saint-Dominique, de Fleurus, de la Montagne-Sainte-Geneviève[1].

Les écoles tenues par les frères n'avaient en effet cessé de croître sous le gouvernement de la Restauration. Un tableau des écoles desservies par eux, daté du 19 mars 1828[2], les montre établis déjà dans presque tous les arrondissements, entretenus soit par les bureaux de bienfaisance, et c'est la majorité des cas dans les IIe, IIIe, VIIe, VIIIe, XIe, XIIe, soit par les associations de charité paroissiales, comme à Saint-Roch[3] et à Saint-Nicolas-des-Champs, soit par la municipalité, comme

sous de douze ans, et sur les 9,913 familles admises aux secours, à Paris, en 1832, et chargées chacune d'enfants au-dessous de douze ans, on en comptait : 2,217 n'ayant qu'un enfant, 2,799 en ayant deux, 3,284 en ayant trois, 1,613 en ayant quatre et plus.

1. Arch. de l'Assistance publique, arrêtés du Conseil général des hospices des 21 mai, 13 août 1834, 28 janvier, 13 mai 1835.

2. Arch. nat., F^17^ 78108.

3. L'association de charité de la paroisse Saint-Roch avait fondé rue d'Argenteuil, en 1810, deux écoles gratuites autorisées en 1813; mais c'étaient plutôt des écoles d'enfants de chœur, analogues à celles de l'ancien régime, car on y apprenait les éléments du latin aux enfants « employés au service du chœur » (Arch. nat., F^17^ 1766).

au Xe arrondissement, soit par la Ville même, comme dans le IVe arrondissement, à l'école de la rue des Prêtres-Saint-Germain-l'Auxerrois. Une autre liste, incomplète d'ailleurs, datée du 15 mars 1819, indique comme personnel soixante et un frères à Saint-Louis-en-l'Ile, sept au Gros-Caillou, dix-huit à Saint-Nicolas-des-Champs (rue des Fontaines), quatre à Saint-Roch, quatre à Saint-Médard, deux à Bonne-Nouvelle[1]. Ils avaient obtenu en 1819, pour y établir leur noviciat[2], grâce à la protection de Marduel, curé de Saint-Roch, et de Lafitte, les locaux disponibles de l'ancien hospice du Saint-Nom-de-Jésus, 167, faubourg Saint-Martin, par suite du transfert de la maison royale de santé dite Maison-Dubois dans l'ancien couvent des Filles-de-la-Charité, faubourg Saint-Denis. En 1825, sur les 50,000 francs inscrits au budget gouvernemental pour l'instruction primaire, ils en touchaient 8,400[3].

Ils devaient être toujours au moins deux, ce qui les différenciait essentiellement des Frères du faubourg Saint-Antoine qui pouvaient diriger isolément une école. Ces derniers avaient très peu progressé. En 1820, ils tenaient des écoles dans les VIe, X^e et XIIe arrondissements, pour lesquelles ils recevaient une somme de 3,750 francs. Du gouvernement, ils obtinrent 1,200 francs jusqu'en 1824, puis cette subvention cessa, ils reçurent encore 800 francs en 1825, puis plus rien en 1826, malgré les demandes du frère Hureau, leur supérieur. Ils avaient pourtant quelques protecteurs influents, comme Royer-Collard et Guéneau de Mussy[4]. Leur personnel était restreint en 1821 à vingt-quatre frères[5].

La *Méthode des Écoles*, rédigée pour donner à leur enseignement une unité de direction et de discipline, insistait moins sur leurs connaissances que sur leur caractère : « Qu'il [le frère des Écoles] soit vif et actif sans turbulence ni brouillonnerie, gai sans porter les autres à rire, grave sans être empesé, bon sans molesse, ferme sans roideur et sévère sans

1. Arch. nat., F^17 78110.
2. Délibérations du Conseil général du 25 juin 1818 et du Conseil municipal du 27 avril 1819. Cf. Chevalier, *op. cit.*, p. 411 et 507.
3. Arch. nat., F^17 78108. Lettre de Frayssinous à Dubois-Bergeron.
4. Arch. nat., F^17 78108.
5. Arch. nat., F^17 78110. État nominatif des frères de la Société des Écoles chrétiennes de Saint-Antoine fondée par M. Tabourin.

dureté; qu'il ne juge de rien sans connaissance de cause, ne punisse et ne récompense qu'à propos; qu'il tienne tout ce qu'il a promis et ne menace jamais en vain; qu'il reprenne avec tant de justice et de modération qu'on s'aperçoive qu'il ne le fait qu'à regret...; qu'il aime le travail et la vie sédentaire; qu'il sente de l'inclination pour servir le prochain et se plaise au milieu des enfants; qu'il ait une piété solide et ait mis sérieusement la main à l'œuvre de son salut[1]... » Ces qualités, il devait les acquérir en faisant son livre quotidien de « l'excellent » *Manuel des catéchismes et des maîtres d'écoles*, en s'inspirant pour la discipline des préceptes de Rollin[2], qui sont souvent rappelés dans cette *Méthode*.

De même que les Frères de J.-B. de la Salle, ils devaient faire une place importante à la « civilité », exiger de leurs élèves « qu'ils parlent et agissent *civilement* en toute occasion et évitent tout terme d'arrogance et de mépris, même avec leurs camarades »; aux règles de la bienséance, ils devaient joindre le goût de la propreté, ne point souffrir « que les enfants viennent aux classes à demi habillés, ni qu'ils soient malpropres, faute de soin, qu'ils aient par exemple les cheveux mal peignés, les mains sales, le visage crasseux ». Cette propreté devait s'étendre également à l'école, que les élèves étaient obligés de balayer à tour de rôle.

Quant aux exercices des classes, où les instructions religieuses tenaient une grande place, nous ne saurions ici en reproduire le détail; tout était réglé d'avance, ne laissant rien à l'initiative du maître, qui devait se servir des livres désignés dans la *Règle des écoles;* dans les petites classes, c'étaient, selon la force des élèves, la *Carte alphabétique*, le *Syllabaire*, le *Petit catéchisme historique* et l'*Histoire abrégée de l'Ancien Testament avec celle de la vie de Notre-Seigneur Jésus-Christ, où sont contenues ses principales actions;* dans les grandes

---

1. *Méthode des écoles tenues par les Frères de la Société des Écoles chrétiennes de Saint-Antoine*, à la suite de l'*Extrait de la règle des écoles*, 1 vol. in-12, p. 8. Les Frères étaient obligés de lire cette *Méthode* tout entière au moins deux fois par an et d'en avoir toujours un exemplaire dans leur classe, afin d'y recourir au besoin (p. 133).

2. Rollin, comme leur fondateur Tabourin, avait été un appelant de la bulle *Unigenitus*.

classes, la leçon devait se faire le matin une semaine dans les *Règles chrétiennes*, la semaine suivante dans l'*Histoire abrégée de l'Ancien Testament*, le soir, une semaine dans le *Psautier latin*, la semaine suivante, le lundi et le mardi, dans la *Civilité* de J.-B. de la Salle, les jeudi et vendredi, dans les *Manuscrits*. Les lectures religieuses se faisaient dans la *Bible de Royaumont*.

De même que les disciples de Tabourin avaient pour les guider la *Méthode des Écoles*, les disciples de J.-B. de la Salle puisaient la doctrine de leur enseignement et les règles de leur discipline dans la *Conduite des Écoles chrétiennes*, qui n'avait cessé d'être réimprimée depuis 1720 avec des additions successives, en particulier en 1828, et dont une nouvelle édition, revue par le chapitre général de 1837, allait paraitre encore en 1838, chez Moronval, imprimeur des Frères, rue Galande[1]. Tout le détail des exercices journaliers y est fixé avec une minutie qui les dispensait de toute initiative, quand bien même elle leur eût été permise. La préface de l'édition de 1838 porte encore cette phrase significative : « Les Frères de l'Institut recevront ce livre précieux comme leur étant donné de Dieu par l'organe de leurs supérieurs, et, convaincus qu'ils ne rempliront dignement la fin de leur vocation qu'autant qu'ils se conformeront à ce que la *Conduite* leur prescrit, ils la liront souvent, afin de se pénétrer de leurs obligations et d'y apprendre la manière de les remplir utilement. »

L'emploi du temps est ainsi fixé pour chacune des trois classes entre lesquelles sont répartis généralement les élèves de chaque école. Dans la grande classe, le matin, messe à 8 heures; au retour, récitation, lecture; jusqu'à 9 heures trois quarts, lecture de l'exercice orthographique de la veille, dictée; le soir, à 1 heure et demie, récitation, arithmétique; jusqu'à 2 heures trois quarts, écriture, et à 4 heures, catéchisme; le mardi, l'arithmétique était remplacée soit par le dessin, soit par la géographie. Dans la seconde classe, le matin, messe, lecture, écriture, orthographe; le soir, récitation, arithmétique, lecture, écriture, catéchisme. Dans la petite classe, le matin, messe, catéchisme, lecture; le soir, lecture et catéchisme. Les récita-

1. *Conduite des Écoles chrétiennes*, par messire de la Salle, prêtre, docteur en théologie et instituteur des Frères des Écoles chrétiennes, nouv. édit., 1838, in-12 (Musée pédagogique, 31530). Voir aussi *les Douze vertus d'un bon maître*, opuscule publié en 1785 par le frère Agathon.

tions comprenaient les prières, le catéchisme, la grammaire, l'arithmétique, l'histoire sainte, l'histoire de France, la géographie, le dessin linéaire.

Pour apprendre à lire, on se servait d'abord de l'alphabet attaché à la muraille à la hauteur d'environ 1m50, sur lequel le maître montrait les lettres avec une baguette, puis du tableau des syllabes, enfin on mettait l'élève au syllabaire, divisé en trois livres; contrairement à la défense faite par le fondateur de l'Institut sous l'ancien régime, on apprenait dans les grandes classes à lire le latin, puis les manuscrits, cahiers lithographiés ou écrits à la main.

La « civilité » était en honneur dans les écoles des frères de Saint-Yon, et on ne concevait pas après la religion d'élément plus important d'éducation; c'est la charité mise en pratique disent les règlements; il ne s'agit pas d'enseigner la mondanité, « mais de faire des hommes qui sachent vivre avec honneur et se faire estimer dans la société... »[1]. Il s'agit surtout d'une école de respect. « Il [le frère] leur recommandera de saluer respectueusement les ecclésiastiques, les magistrats. S'il arrive que quelqu'une de ces personnes passe lorsqu'ils sont en rang, tous doivent se découvrir et faire une inclination. » On veillait aussi sur la propreté : « Qu'ils [les enfants] lavent leurs mains et leur figure; qu'ils fassent couper leurs cheveux quand il sera nécessaire; qu'ils ne viennent pas à l'école pieds nus, ni avec des habits indécemment déchirés. Ceux qui auraient des infirmités dangereuses seraient renvoyés jusqu'à leur guérison. »

La *Conduite* ne donnait pas seulement des préceptes sur la discipline, sur les devoirs de morale, sur la formation des maîtres, elle spécifiait les modes de construction et d'aménagement des classes : « Elles doivent être, autant que possible, au rez-de-chaussée, entre cour et jardin, et de plain-pied... Elles auront 8m75 sur 7 mètres et environ 4 mètres d'élévation...; les tables doivent avoir 0m44 par écrivain et 0m33 pour les autres enfants...; dans chaque classe, il doit y avoir un siège pour le maître, un crucifix, cinq images : la sainte Vierge, saint Joseph, l'ange gardien, saint Nicolas, le portrait de J.-B. de la Salle, des sentences, un bénitier et un poêle[2]. »

1. *Ibid.*, p. 105.

2. *Ibid.*, p. 187. Ce n'est guère qu'à partir de la loi de 1833 que l'on

Quant aux Filles de la Charité, elles dirigeaient, en 1825[1], les écoles des maisons de charité suivantes :

PAROISSES.	RUES.	NOMBRE DE SŒURS.
Blancs-Manteaux.	Du Puits	7
Bonne-Nouvelle.	De la Lune	6
St-Étienne-du-Mont.	Des Fossés-St-Victor	4
St-Eustache.	Montmartre	8
St-Germain-l'Auxerrois.	Des Poulies	8
St-Germain-des-Prés.	St-Benoît	7
St-Jacques-du-Haut-Pas.	Maison de Charité	7
St-Jean.	Faubourg-Montmartre	3
St-Laurent.	Faubourg-St-Martin	8
St-Louis-en-l'Ile.	Poultier	5
Madeleine.	De la Ville-l'Évêque	7
Ste-Marguerite.	St-Bernard	5
St-Médard.	De l'Épée-de-Bois	7
St-Merry.	Du Cloitre-St-Merry	10
Missions-Étrangères.	Du Bac	4
St-Nicolas-des-Champs.	Aumaire	6
Notre-Dame.	De la Colombe	4
St-Paul.	Des Fauconniers	6
St-Roch.	Neuve-St-Roch	5
St-Sauveur.	St-Sauveur	4
St-Sulpice.	Férou	10
St-Vincent-de-Paul.	Bellefonds	7
Gros-Caillou.	Maison de charité	7

Elles desservaient également plusieurs hôpitaux, la Charité, Necker, les Enfants-Trouvés, l'hospice des Ménages, les Incurables, hommes et femmes, l'hospice de Montrouge, les orphelins du faubourg Saint-Honoré (Beaujon), l'infirmerie Marie-Thérèse, sans compter l'hôpital militaire des Invalides.

Elles étaient chargées de l'administration des maisons de secours, en vertu de contrats passés avec les Bureaux de bienfaisance[2]. Voici, comme exemple, les conditions qui furent imposées aux quatre sœurs qui remplacèrent, en 1817, les

---

s'occupa sérieusement de la construction des écoles. Voir A. Bouillon, *De la construction des maisons d'école primaire*. Paris, 1834, in-8°.

1. D'après un opuscule intitulé : *les Sœurs de Charité*. Paris, in-18, [1825], p. 169-171 (Bibl. nat., Ld83 3).

2. Arch. du Bureau de bienfaisance du Ier arrondissement, reg. 1, fol. 109, séance du 23 juillet 1817.

laïques à la maison de la rue des Poulies, n° 14, dans le IVe arrondissement (Ier actuel), où le Bureau tenait ses séances : les sœurs sont logées, blanchies, chauffées, éclairées aux frais de l'administration qui leur fournit aussi le gros linge (draps, serviettes, tabliers de travail, etc.); elles reçoivent 600 francs par an chacune pour leur entretien et leur nourriture; elles ne doivent se faire aider par personne pour le service des pauvres; elles ne doivent pas rendre leurs services « aux personnes riches, ni aux femmes dans leur accouchement, ni aux femmes ou filles de mauvaise vie ou atteintes du mal qui en procède; elles ne seront pas tenues de visiter les malades la nuit ou ne les veilleront pas; elles ne recevront jamais en leur école aucun garçon, quelque bas âge qu'il puisse avoir et sous quelque prétexte que ce puisse être ». La réinstallation des sœurs dans la maison de la rue des Poulies fut l'occasion d'une séance solennelle du Bureau de charité, présidée par le maire, Le Brun, qui reçut le curé de la paroisse Saint-Germain-l'Auxerrois, Magnin, en habit de chœur, entouré d'une partie de son clergé, de la duchesse Des Cars, du marquis de la Suze, d'un grand nombre de commissaires et dames de charité de l'arrondissement venus pour présenter les sœurs; des discours furent prononcés par le maire et le curé.

Parmi les Filles de la Charité qui dirigèrent les écoles, il faut rappeler au moins le nom de sœur Rosalie, née Rendu, d'abord affectée à la maison[1] de la rue des Francs-Bourgeois-Saint-Marcel réouverte en 1802, puis supérieure à vingt-huit ans de la maison de la rue de l'Épée-de-Bois, en plein quartier Mouffetard, qui a laissé à la suite des émeutes de 1830 et du choléra de 1832 une réputation de dévouement et de courage, dont le souvenir n'est pas éteint. Elle y avait fondé de nombreuses œuvres charitables, asile d'orphelins, rue Pascal[2], crèche, rue de l'Épée-de-Bois, au-dessus de l'école gratuite, hospice de vieillards, rue Pascal[3], qui absorbaient son activité et qu'entretenaient d'abondantes

---

1. Vicomte A. de Melun, *Vie de sœur Rosalie*. Paris, 1858, in-8°, et F. Laudet, *la Sœur Rosalie (1787-1856)*. Paris, 1911, in-12.

2. Transféré chaussée Ménilmontant, 119.

3. Transféré rue Gracieuse en 1859, puis en 1863 rue de l'Épée-de-Bois dans un immeuble contigu à la maison de secours; reconstruit en 1905 par l'administration de l'Assistance publique; les œuvres de sœur Rosalie ont été transférées rue Geoffroy-Saint-Hilaire en 1880.

aumônes. « Elle faisait voir aux riches, selon le mot de M. de Melun, la société par les lucarnes de la rue Mouffetard. » Elle ne négligeait pas les questions d'enseignement; usant de son influence auprès des pouvoirs publics, elle avait fait fonder, par la Ville, rue du Banquier, une école, qui existe encore, laïcisée, et, dans une note adressée à l'Impératrice, en 1854, s'appuyant sur son expérience, elle demandait pour les enfants du peuple une formation pratique, au lieu de la culture, trop spéculative à son gré, introduite dans les écoles par les programmes nouveaux : « Revenir purement et simplement aux données des temps anciens, enseigner aux filles pauvres la lecture, l'écriture, leur langue, la science de la religion dans toute son étendue, le calcul et le travail à l'aiguille serait faire une chose très utile, dans l'intérêt des enfants, des mœurs des pauvres et en un mot de la société tout entière ».

Le mouvement de rénovation des écoles de charité fut complété par la création de Salles d'asile destinées aux petits enfants de deux à six ans, sous l'impulsion de J.-D.-M. Cochin, descendant d'une vieille famille parisienne[1], d'après l'exemple donné par Oberlin, le pasteur du ban de la Roche, dans ses « écoles à tricoter[2] », et par R. Owen, le manufacturier écossais de New Lanark, dans ses « Infants' scholls »[3]. « C'est pour suppléer aux soins, aux impressions, aux enseignements que chaque enfant devrait recevoir de la présence, de l'exemple et des paroles de sa mère, écrit Cochin dans son *Manuel des salles d'asile*, qu'il a paru nécessaire d'ouvrir des salles d'hospitalité et d'éducation en faveur du premier âge. » Aidé d'un comité de dames et, en particulier, de Mme Millet qui avait été étudier en Angleterre les détails pratiques des organisations existantes, M. Cochin[4] fonda d'abord une salle d'asile rue des Martyrs,

1. Il était le fils de Jacques Denys, baron Cochin, maire et député du XIIe arrondissement, petit-fils de Claude Denys-Cochin, administrateur de l'Hôpital Général, dont le frère Jacques Denys-Cochin, curé de Saint-Jacques-du-Haut-Pas, fonda l'hospice paroissial devenu l'hôpital Cochin.

2. Sur Oberlin (1740-1826), voir Lutteroth, *Vie d'Oberlin*. Paris, 1826, in-8°; C. Leenhardt, *la Vie de J.-F. Oberlin*. Paris, 1911, in-8°.

3. Sur Robert Owen, voir Ed. Dolléans, *Robert Owen*. Paris, 1905, in-12.

4. Un essai avait été fait en 1816 d'un asile de ce genre par la marquise de Pastoret dans un local dépendant de l'hospice des Ménages, grâce à une subvention de 3,000 francs du Conseil général des hospices (arrêté du 25 mars 1818), pour quatre-vingts enfants de trois à six ans,

puis fit construire à ses frais, en 1827, la salle d'asile modèle annexée au groupe scolaire de la rue Saint-Hippolyte, au quartier Saint-Marceau[1] (XIIe arrondissement).

Sur les instances de Cochin, auquel se joignirent Pastoret, de Gérando, Delessert, de la Bonnardière, Valdruche, Desportes, le Conseil général des hospices favorisa l'œuvre des salles d'asiles. Vingt-quatre furent fondées en onze ans. Considérées au début comme des établissements de charité plutôt que d'éducation, les salles d'asile furent néanmoins comprises dans les établissements d'enseignement rattachés au ministère de l'Instruction publique, par la loi du 28 juin 1833, qui fit, selon le mot de Cochin lui-même, « de l'éducation populaire une dette de l'État »[2]. Suivant les termes de la circulaire ministérielle du 2 juillet 1833, elles devaient former le premier chaînon de la hiérarchie des établissements d'instruction : « Je veux dès aujourd'hui appeler votre attention sur le but général et la portée de cette loi [celle du 28 juin 1833]. Les besoins sociaux auxquels elle se propose de satisfaire sont non seulement très nombreux, mais encore très variés, et pour les atteindre tous, pour accomplir réellement le vœu du pays et la pensée du législateur, des écoles de genres divers doivent se combiner, s'enchaîner les unes aux autres et se prêter un mutuel appui. En première ligne se présentent les écoles les plus élémentaires de toutes celles qui sont connues sous le nom de Salles d'asile et où sont reçus les petits enfants de l'âge de deux à six ou sept ans, trop jeunes encore pour fréquenter les écoles primaires, et que leurs parents pauvres ou occupés ne savent comment garder chez eux[3]. »

mais cette tentative avait échoué. Il faut aussi rappeler l'intérêt pris à ces créations par Mme J. Mallet, la fille d'Oberkampf (cf. notice sur cette bienfaitrice par Mme Pape-Carpentier, et E. Gossot, *les Salles d'asile en France et leur fondateur Denys Cochin*. Paris, 1884, in-12).

1. On peut voir un plan de cette maison complète d'éducation primaire, qui reçut le nom de maison Cochin par ordonnance royale du 22 mars 1831, en annexe à son *Manuel des salles d'asile*.

2. *Manuel des salles d'asile*. Paris, 1833, in-12 (Introduction). Voir aussi A. de Malarce, *Histoire des salles d'asile et des asiles-ouvroirs*. Paris, 1855, in-8°.

3. Les salles d'asile devaient être réglementées postérieurement par l'ordonnance du 22 décembre 1837 et la loi du 15 mars 1850.

Ces salles d'asile étaient les suivantes en 1833 :

ARRONDISSEMENTS	SITUATION DES ASILES	NOMBRE D'ENFANTS	LOYERS	TRAITEMENTS	DÉPENSES DIVERSES	TOTAL
Ier	Rue de la Bienfaisance. . . .	200	2,000	1,200	800	4,000
	Rue de Ponthieu	200	2,400	1,200	800	4,400
IIe	Rue Neuve-Coquenard. . . .	200	2,500	1,200	800	4,500
IIIe	Rue des Petits-Hôtels.	200	2,000	1,200	800	4,000
Ve	Rue des Vinaigriers	200	1,300	1,200	800	3,300
VIe	Rue des Trois-Bornes	200	1,600	1,200	800	3,600
VIIe	Rue de l'Homme-Armé . . .	200	1,500	1,200	800	3,500
VIIIe	Rue de Charonne, 23.	150	1,300	1,200	810	3,300
	Rue de Montreuil, 30.	200	1,800	1,200	810	3,800
	Rue Traversière-St-Antoine .	200	1,800	1,200	800	3,800
IXe	Passage Saint-Pierre	100	600	1,200	800	2,600
Xe	Rue de Varennes, 9.	150	1,200	1,200	800	3,200
	Rue St-Dominique-St-Germain	200	1,500	1,200	810	3,500
XIe	Rue Madame	100	1,200	1,200	800	3,200
XIIe	Rue Saint-Hippolyte	300	2,000	1,200	1,000	4,200
		2,800	24,700	18,000	12,230	54,000

La lutte de l'enseignement mutuel et de l'enseignement simultané.

Les fondations dont nous venons de voir le développement se poursuivirent au milieu de la bataille des partis et des intérêts, qui fut si vive à cette époque. Nous ne saurions manquer d'en trouver les traces dans le domaine qui nous occupe.

De 1816 à 1830, nous assistons à une lutte ardente, d'origine pédagogique et de conséquence politique, entre l'enseignement simultané, méthode des Frères des Écoles chrétiennes, et l'enseignement mutuel, introduit par décret de Napoléon pendant les Cent-Jours, sous l'influence de Carnot[1]. Tandis que les écoles de charité, soutenues par les curés des paroisses et les administrateurs des bureaux de charité, vont abriter la

1. Rapport à l'empereur et décret du 27 avril 1815 au *Moniteur* du 30 avril 1815. Cf. Rostaing de Rivas, *Origine de l'enseignement mutuel*, Paris, 1858, in-8°, et R. Girard, *Carnot et l'éducation populaire pendant les Cent-Jours*, dans *Révolution française*, mai 1907.

résistance des Sœurs et des Frères, des « ignorantins », comme ils se laissaient appeler, les écoles primaires publiques, encouragées par le préfet de la Seine, par les municipalités, par le parti libéral, vont battre en brèche les premières.

C'est déjà autour de l'École que se livre le grand combat. Lamennais, dans ses articles au *Conservateur*, en 1819[1], ne s'y trompe pas quand il dénonce l'enseignement mutuel comme une arme de guerre des libéraux contre les anciens partis, contre les ignorantins.

Cette méthode d'enseignement mutuel, que l'on croit d'importation anglaise, et porte en effet couramment le nom de lancastrienne, était en usage à Paris dès le milieu du XVIIIe siècle. Il y avait en effet, en 1747, à l'hospice de la Pitié, une école fondée pour les orphelins, où, sous la direction de M. Herbault[2], les enfants étaient distribués en sept classes, et où les six dernières avaient pour maîtres des écoliers pris dans la première, qui communiquait seule avec le maître et recevait de lui l'instruction. Cette méthode eut beaucoup de succès[3], mais fut négligée après la mort de Herbault.

On en trouve un autre exemple avant la Révolution à l'institut militaire du chevalier Pawlet[4] et à l'hospice des Cent-Filles ou de la Miséricorde[5] établi rue Censier, au faubourg Saint-Marceau.

---

1. Cf. *De l'éducation du peuple; Sur les attaques dirigées contre les Frères des Écoles chrétiennes; Du droit du gouvernement sur l'éducation; De l'éducation considérée dans ses rapports avec la liberté.* Voir aussi P. Laveille, *J.-M. de Lamennais.* Paris, 1909, in-12, chap. XI.

2. C'est d'ailleurs Herbault qui est célébré comme le fondateur de la méthode dans les vers, — d'ailleurs détestables, — de X.-B. Saintine, qui obtinrent à l'Académie française le prix du concours ouvert en 1818 pour le meilleur poème sur l'enseignement mutuel. Séance du 24 août 1820 :

. . . .

France, c'est dans ton sein qu'Herbault donna naissance
A cet art noble objet de ta reconnaissance
Qui doit charmer nos jours et les sait ménager.

. . . .

3. François de Neufchâteau, *Méthode pratique pour apprendre à lire aux enfants dans les écoles primaires*, Paris, 1798, donne des détails sur cette école d'après un témoin oculaire.

4. Gréard, *Éducation et instruction, l'École primaire.* Paris, 1887, in-12, p. 35 et suiv.

5. Nous avons trouvé cette dernière mention dans un article de

En 1789, Andrew Bell[1], ministre protestant, ouvrit pour la Compagnie des Indes orientales, établie sur la côte de Coromandel à Egmore près de Madras, une école destinée aux enfants mâles des militaires européens et y employa le système de l'enseignement mutuel pendant les sept années qu'il y enseigna, avant de rentrer en Angleterre. La notice qu'il avait rédigée pour expliquer son système fut imprimée à Londres en 1797[2].

De son côté, John Lancaster, qui n'avait pas encore vingt ans et n'était pas encore quaker, ouvrait le 1er janvier 1798, à Londres, dans le faubourg de Soutwarck, près de Borough-road, une école destinée uniquement aux enfants des pauvres, dont la plupart furent élevés gratis. Il fut amené, pour suppléer à l'insuffisance de ses ressources, à remplacer les maîtres adjoints par les écoliers les plus anciens et les plus appliqués; en 1801, grâce à des souscriptions, il put convertir son institution en école gratuite. En 1813, il publia, aussi par souscription, un petit ouvrage exposant en détail sa méthode et répandu à profusion en Angleterre[3] : il eut six éditions en quatre ans.

Nous ne suivrons pas Lancaster dans ses difficultés financières après ses premiers triomphes[4]. En 1811, quatre-vingt-quinze écoles avaient été fondées sous ses auspices.

Tandis qu'il évangélisait l'Irlande et l'Écosse, sa méthode se répandait aux États-Unis, et, d'autre part, le Dr Bell, soutenu par l'église anglicane, fondait de nouvelles écoles à Lambeth, à Marylebone, quartiers de Londres, puis à Barrington, dans le comté de Durham, suivant le système de Madras. Chacun

M. Chaumeil, *Enseignement mutuel et enseignement simultané*, dans la *Revue pédagogique*, t. II, 1880, p. 383.

1. Voir Southey (R. and Charles), *The life of the Rev. Andrew Bell, comprising the history of the rise and progress of the system of mutual tuition*. London, J. Murray, 1844, 3 vol. in-8°.

2. Elle parut sous ce titre : *An experiment in education, made at the male asylum of Madras, suggesting a system by which a school or family may teach itself, under the superintendance of master or parent*. London, 1797, in-12. Un compte-rendu parut dans l'*Anatycal Review* de janvier 1799.

3. Sous le titre : *Improvements in education, as its respects the industrious class of a community, containing a short account of its present state, hints towards its improvement, and a detail of some practical experiments conductive to that end*. London, Dartan and Harvey, 1823.

4. On en trouvera le récit dans un livre traduit de l'allemand par P. Hamel, *l'Enseignement mutuel*, et publié à Paris, chez Colas, en 1818, in-8°.

des deux protagonistes était soutenu par une société. La Société des écoles pour la Grande-Bretagne et pour l'étranger soutenait les écoles de Lancaster, et la Société nationale pour la propagation de l'enseignement dans les classes pauvres, suivant les principes de l'église dominante en Angleterre et dans le pays de Galles. soutenait les écoles de Bell. Les deux systèmes d'ailleurs assuraient les mêmes résultats et les différences ne portaient que sur le mécanisme des méthodes, les moyens d'inspection et le système d'enseignement religieux.

C'est vers 1814 que l'attention fut attirée en France sur ces écoles par des Français qui étaient allés en Angleterre visiter les fondations récentes, entre autres l'abbé Gaultier, J.-B. Say, Jomard[1], le comte de Lasteyrie, le duc de La Rochefoucauld-Liancourt. Ils se réunirent pour travailler à la propagation de la nouvelle méthode et le 17 juin 1815 fut fondée la *Société pour l'amélioration de l'enseignement élémentaire*. Elle eut pour président M. de Gérando, pour vice-président M. de Lasteyrie, pour secrétaires MM. de Laborde et Jomard, et publia chez le libraire Colas un *Journal d'éducation publique*.

Les premières écoles d'enseignement mutuel fondées à Paris, grâce au concours de Carnot, ministre de l'Intérieur, depuis le 22 mars 1815 (rapport à l'Empereur du 27 avril 1815), furent l'école établie dans l'ancien collège de Lisieux et l'École normale de la rue Saint-Jean-de-Beauvais, n° 16. Elle occupait la chapelle et une partie de la grande cour de l'ancien collège de Beauvais, dont l'autre partie formait une succursale de l'hôpital militaire installé dans l'ancien collège de Montaigu[2]. Le préfet était stimulé dans cette œuvre par le baron Rendu, secrétaire général de la préfecture[3], frère de A. Rendu, inspecteur général de l'Université. En 1816, vingt maîtres et maîtresses sortirent de cette école pour diriger les écoles fondées à Châtillon-sur-Seine par le duc de Raguse, à Mont-

1. Voir son *Abrégé de la méthode des écoles élémentaires, ou Recueil pratique de ce qu'il y a de plus essentiel à connaître pour établir et diriger les écoles élémentaires, selon la nouvelle méthode d'enseignement mutuel et simultané*. Paris, 1816, in-12.

2. E. Rendu, *Ambroise Rendu et l'Université de France*. Paris, in-8°, p. 118.

3. Arch. nat., F[8] 11, 14, Seine. Sur cette école, voir Ch. Renouard, *Projet de quelques améliorations dans l'éducation publique*. Paris, 1815, p. 6, et les *Rapports* de Jomard.

mirail par le duc de Doudeauville, à Paris par MM. de Greffulhe, de Praslin, Mme de Lavoisier, la duchesse de Duras. Puis vinrent l'école de la rue Carpentier, n° 4 (1815), et celle de la Halle-aux-Draps (1816); celle de l'Enclos-Saint-Jean-de-Latran, place de Cambrai; celle de Saint-Ambroise-Popincourt; en 1818, ces écoles étaient au nombre de vingt-huit dans Paris[1].

A ces écoles d'enseignement mutuel, fondées sur le modèle d'un pays étranger, d'un pays protestant, les Frères des Écoles chrétiennes opposaient le mode d'enseignement simultané. Ils s'appuyaient sur l'autorité de Rollin, d'après lequel la méthode de faire lire des mots à plusieurs syllabes par plusieurs enfants à la fois, dont chacun prononce une syllabe, aurait été introduite en 1700 dans les écoles d'Orléans et dans d'autres écoles de Paris[2]. « On a introduit à Paris depuis plusieurs années, dit-il[3], dans la plupart des écoles des pauvres, une méthode qui est fort utile aux écoliers et qui épargne beaucoup de peine aux maîtres. L'école est divisée en plusieurs classes. J'en prends ici une seulement, celle des enfants qui joignent déjà les syllabes; il faut juger des autres à proportion. Je suppose que le sujet de la lecture est : « Dixit dominus domino meo, sede a dextris meis. » Chaque enfant prononce une syllabe comme *Di*, son émule qui est vis-à-vis de lui continue la suivante *xit*, et ainsi du reste. Toute la classe est attentive, car le maître, sans avertir, passe tout d'un coup du commencement d'un banc au milieu ou à la fin, et il fait continuer sans interruption. Si un écolier manque dans quelque syllabe, le maître donne sur la table un coup de baguette, sans parler, et l'écolier est obligé de répéter comme il faut la syllabe jusqu'à ce qu'elle ait été prononcée correctement. J'ai vu avec un singulier plaisir, il y a plus de trente ans, cette méthode pratiquée

1. Voir Dr Bally, *Guide de l'enseignement mutuel*. Paris, 1818, in-12; C.-A. Basset, *Directions pour les fondateurs et fondatrices et pour les maîtres et maîtresses des écoles d'enseignement perfectionné*. Paris, 1816, in-12; Nyon, *Manuel pratique, ou Précis de la méthode d'enseignement mutuel pour les nouvelles écoles élémentaires*. Paris, 1817, in-12; R. de Lamennais, vicaire général de Saint-Brieuc, *De l'enseignement mutuel*. Saint-Brieuc, 1819, in-8°.

2. On pourrait aussi sans doute en trouver le précédent dans les méthodes appliquées à Saint-Cyr par Mme de Maintenon.

3. *Supplément au traité de la manière d'enseigner et étudier les belles-lettres*. Paris, 1734, in-12, p. 18.

heureusement à Orléans, où elle a pris naissance par les soins et par l'industrie de M. Garot qui présidait aux écoles de cette ville. L'école que je visitai était de plus de cent écoliers et il y régnait un profond silence. »

C'est également cette méthode que recommandait le chanoine S. Cherrier dans son livre intitulé : *Méthodes nouvelles pour apprendre à lire aisément et en peu de temps, même par manière de jeu et d'amusement...*, paru en 1755.

L'esprit de parti s'en mêlant, on vit bientôt se produire une lutte de libelles et de brochures[1] répandus à profusion dans le pays. Le ministre de l'Intérieur, dans un article paru au *Moniteur* du 13 janvier 1818[2], prit la défense de l'enseignement mutuel. Il voulait détruire le malentendu entretenu par les Frères envers cet enseignement, qui n'était pas d'ailleurs dirigé contre leurs écoles, dont aucune n'était menacée. Il insistait simplement sur les services rendus par le nouvel enseignement, favorisé par la création d'écoles normales d'instituteurs[3]. « L'enseignement simultané, écrivait-il, offre un premier degré et un degré précieux de simplicité. La leçon du maître est donnée à la fois à plusieurs, autant qu'il en est auxquels elle peut à la fois parvenir d'une manière directe, plusieurs exécutent à la fois dans le même plan. A l'avantage de l'émulation se joint une heureuse harmonie, une sorte de discipline naturelle qui forme un ensemble organisé d'un certain nombre d'individus; l'imitation, cette loi singulière de la nature humaine, est mise heureusement à profit. Toutefois, pour que ce système atteignît réellement son but, il faudrait que tous les élèves eussent des forces égales et pussent à chaque instant faire les mêmes pas. Autrement, il faudra que le plus instruit et le plus capable attende le centre, et il restera une queue de traînards qui, hors d'état de suivre, feindront d'apprendre, mais n'auront qu'une

1. Voici les principales : Dubois-Bergeron, *Des nouvelles écoles à la Lancaster, comparées avec l'enseignement des Frères des Écoles chrétiennes, légalement établies depuis un siècle*. Paris, A. Le Clère, 1817, in-8°; *Lettre d'un catholique à M. le comte Chabrol de Volvic, préfet de la Seine, ou l'Institut des Frères des Écoles chrétiennes et les nouvelles écoles à la Lancaster citées au tribunal de l'opinion publique; Lettres sur les écoles à la Lancaster*, extraites du journal *l'Ami de la religion et du roi*, etc.

2. *Moniteur*, 1818, p. 51. Il y fut répondu dans une brochure parue chez Le Normant, *Un mot sur l'enseignement mutuel*, 1818.

3. Arrêté préfectoral du 22 juillet 1817.

fausse instruction, pire peut-être que l'ignorance. Dans ce système, si l'on veut multiplier les rangs dans lesquels les élèves sont alignés, il faut multiplier les maîtres ou bien condamner le maître à ne s'occuper de chaque ordre que successivement...

« L'enseignement mutuel a tous les caractères de l'enseignement simultané, mais il y joint un nouveau degré de simplicité et d'énergie. Il fait disparaître d'abord l'alternative qui tourmentait ce dernier, en délivrant de la rigueur des classifications trop générales et trop absolues. Il se prête à de nombreuses divisions et sous-divisions dans l'enceinte du même corps, et sous les yeux du même maître. Ce ne sont plus des alignemens forcés dans la même classe, ce ne sont plus des écoles distinctes dans la division des classes. Chaque élève est toujours à sa vraie place; les classes se suivent, se tiennent par la main plutôt qu'elles ne sont séparées. Il y a plus, et dans chaque classe ou sous-division, l'élève est constamment situé au degré dont il s'est actuellement montré capable; de la sorte, l'avantage unique de l'enseignement individuel se trouve conservé et reproduit tout entier au sein d'une masse considérable. Chacun est aussi actif et plus actif même que s'il était seul. Il se corrige par l'exemple d'autrui, il corrige son camarade par son exemple, il est tenu incessamment en haleine pour l'action et pour la revision. Le ressort principal est toujours unique, mais au lieu d'imprimer un mouvement uniforme à des élémens divers, il varie son impulsion, la modifie en autant de manières qu'il y a de variétés réelles dans les élémens; mais à l'aide de ressorts subordonnés, il embrasse avec moins d'efforts une sphère plus vaste. Les ressorts sont les élèves mêmes, distribués graduellement sur tous les points où l'instruction doit atteindre. En dirigeant, ils se rendent compte à eux-mêmes de ce qu'ils ont appris, c'est-à-dire exécutent réellement l'exercice nécessaire pour bien savoir. Tour à tour élèves et répétiteurs, ils ne font que transmettre ce qu'ils ont reçu, indiquer ce qu'ils ont tenté eux-mêmes avec succès. La portion la plus difficile, la plus délicate, la plus ignorée du rôle de l'instituteur, je veux dire la bonne direction des facultés, s'accomplit en quelque sorte toute seule pour cet exercice toujours régulier, progressif, dans lequel l'attention des enfants est entretenue; l'émulation, la sympathie imitative s'accroissent par une classification plus vraie, qui rapproche mieux les analogies et gradue mieux l'échelle à gravir. Les habitudes d'ordre et de discipline prennent une racine plus profonde, parce qu'à l'avantage de former des cadres soumis à des lois générales, se joint celui d'étendre les mêmes lois, la mobilité elle-même, et l'avantage surtout de maintenir, porter et faire redescendre continuellement l'élève au rang véritable qu'il sent lui-même avoir nécessairement mérité[1]. »

Tandis que La Rochefoucauld-Liancourt[2] publiait sa traduction de l'ouvrage de Lancaster, le comte de Laborde son *Plan d'éducation pour les enfants pauvres d'après les deux méthodes du Dr Bell et de M. Lancaster*, de Lasteyrie son *Nouveau système d'éducation pour les écoles primaires, adopté dans les quatre parties du monde*[3], Martin rapportait d'Angleterre tous les documents susceptibles d'être utilisés pour la pratique des classes nouvelles, Guizot, alors secrétaire général du ministère de l'Intérieur, favorisait leur propagation, enfin de Gérando, président de la Société de l'enseignement élémentaire, organisait une commission spéciale avec mission de multiplier et de répandre les bons livres élémentaires et les ouvrages utiles, moraux et instructifs destinés au peuple. Le but poursuivi, selon les termes du rapport de Julien[4], à la séance de la Société du 14 novembre 1818, était « de donner une sage direction à la propagation des lumières, de favoriser l'amélioration des mœurs

1. La méthode lancastrienne, dit un siècle plus tard M. Gréard, *op. cit.*, p. 38, fut une œuvre de réparation sociale. « A ces natures incultes, il fallait l'entraînement du nombre, le stimulant de l'exemple, l'attrait de l'imitation, le mouvement de la leçon générale. L'esprit d'ordre qui plaît en France s'accommodait à des cadres où les plus humbles trouvaient leur place de commandement. »

2. Sous le titre de : *Système anglais d'instruction ou recueil complet des améliorations et inventions mises en pratique aux écoles royales d'Angleterre*. Paris, in-8°; voir à son sujet Ferdinand-Dreyfus, *La Rochefoucauld-Liancourt*. Paris, 1903, in-8°.

3. Ces trois ouvrages furent édités par L. Colas, rue du Palais-Bourbon-Saint-Sulpice, en face la rue Garancière, libraire de la Société élémentaire.

4. M. M.-A. Julien était lui-même l'auteur de divers ouvrages publiés à la librairie Colas, éditeur du *Journal d'éducation*, entre autres *Esprit de la méthode d'éducation de Pestalozzi; Précis sur les instituts d'éducation de M. Fellenberg à Hofwil; Esquisse d'un ouvrage sur l'éducation comparée; Esquisse d'un essai sur la philosophie des sciences*: *Essai général d'éducation physique, morale et intellectuelle; Mémorial horaire ou biomètre, instrument pour mesurer la vie, etc.*

en faisant aimer la religion, la vertu et l'instruction, toujours unies ensemble, rendues plus aimables et d'un accès plus facile ».

Le projet de de Gérando consistait d'abord dans la confection et la publication d'ouvrages destinés au peuple, puis dans la formation de bibliothèques à l'usage des enfants fréquentant les écoles élémentaires et de leurs familles. L'exemple avait été déjà donné par le pasteur Oberlin, au Ban-de-la-Roche, par divers cantons de la Suisse, par la Société du bien public en Hollande, par la bibliothèque de l'enfance et de la jeunesse fondée à Bâle en 1807. Il y avait pénurie en France de bons livres élémentaires; les anciens étaient destinés avant tout aux enfants des riches et leurs auteurs n'étaient pas « échauffés par cette idée grande et féconde que leur travail aurait servi à la partie de la population la plus nombreuse, à cette classe éminemment laborieuse et productive qui est l'élément essentiel et la force des nations ». Ces manuels[1], divisés en trois classes, que la Société désirait voir entreprendre, devaient être des petits volumes in-8° ou in-12 de 100 ou 120 pages, coûtant de huit à dix sous; ils devaient tous montrer que la vertu est la meilleure règle de conduite pour être heureux et rendre l'instruction aimable et attrayante pour la faire aimer[2].

Parmi les adeptes fervents de l'enseignement mutuel se trouvait Mlle Sauvan, qui devait suppléer de Gérando dans le cours de morale aux instituteurs dont l'avait chargé le préfet de la Seine[3] : « La pensée dominante, écrivait-elle[4], de la méthode mutuelle est une pensée éminemment chrétienne, c'est-à-dire douce, bienveillante, vertueuse, pure, sublime. Les partis politiques ont essayé quelquefois de la dépeindre comme un instrument d'orgueil et d'impiété : les gens sages, les esprits attentifs doivent la considérer comme le meilleur moyen d'éducation

1. Parmi les livres déjà parus, on recommande l'abrégé du catéchisme historique de Fleury, les livres de Mme Dufresnoy, destinés à l'enfance, etc.

2. Il faut citer également *le Traité d'éducation élémentaire d'après la méthode d'enseignement mutuel pour les prisonniers, les orphelins et les adultes des deux sexes*. Paris, Colas, 1822, in-12, par E. Appert, directeur de l'École de Montaigu, ouverte à la prison militaire du même nom, sous la présidence du maréchal-duc d'Albuféra et avec l'appui du duc Decazes.

3. Mlle Sauvan fut nommée le 13 avril 1835 inspectrice des écoles communales de filles. Voir Em. Gossot, *Mlle Sauvan, sa vie, son œuvre*. Paris, in-12, 5e éd., 1897.

4. Mlle Sauvan, *Manuel à l'usage des écoles primaires*, 1839, in-12, ch. II, p. 14.

et d'instruction qu'on puisse employer pour élever à la fois un grand nombre d'enfants, et pour les faire grandir dans la foi et dans la pratique des sentiments moraux que le christianisme a fait la loi des nations civilisées : amour du prochain, aide et support mutuel, obéissance, soumission à l'autorité, régularité, application au travail, amélioration par le regret d'avoir failli, perfectionnement par la confiance au Maître de toutes choses. Rien de bon, de grand, de social n'est impossible à transmettre par cette méthode. »

L'enthousiasme gagnait l'enseignement privé. Un chef d'institution, Eusèbe Gorgeret, écrivait au début de son *Cours complet d'enseignement mutuel*[1], dont il faisait l'application détaillée à la lecture, l'écriture, l'arithmétique : « Les élèves de l'enseignement mutuel[2] quittent la classe avec peine : l'instruction est pour eux un délassement, un jeu qui tient tous les ressorts de leur être en mouvement; ils se meuvent tous ensemble et instantanément comme une masse dont les mouvements particuliers, ne nuisant point au mouvement général, en sont au contraire les ressorts ingénieux qui la font mouvoir uniformément et sans la fatiguer. » Butet éditait un *Cours théorique*[3] très détaillé, applicable spécialement à l'enseignement mutuel, sous les auspices de la Société pour l'instruction élémentaire. Une école d'enseignement mutuel était créée à Popincourt sous la direction de Sarrazin[4]; une autre, en 1829, rue des Vinaigriers, comprenant 600 élèves, 300 garçons et 300 filles, dont la direction était confiée à Pompée, malgré les protestations des curés de Notre-Dame-de-Bonne-Nouvelle et de Saint-Laurent[5].

1. Paris, 1820, in-8°, p. 5.

2. Ils se heurtaient parfois à l'hostilité violente des élèves des Frères, comme le 20 novembre 1819, où les élèves des écoles de la rue de Bièvre et de la rue des Sept-Voies frappèrent à la sortie ceux de l'école de la rue Saint-Jean-de-Beauvais aux cris de « A bas l'enseignement mutuel ! » en leur jetant des pierres. Cf. *Courrier* du 30 novembre et Arch. nat., F17 7810, rapport à la Commission de l'Instruction publique.

3. P. R.-F. Butet, *Cours théorique d'instruction élémentaire applicable à toute méthode d'enseignement individuel ou collectif et spécialement à la méthode de l'enseignement mutuel.* Paris, 1818, in-8°.

4. En 1819, les Frères voulurent, pour lui faire échec, ouvrir à proximité de la rue Saint-Sébastien une école pour 500 élèves, mais Chabrol, dans une lettre à la Commission d'Instruction publique, en indiqua l'inutilité (Arch. nat., F17 1776).

5. Arch. nat., F17 1779.

Enfin, de Gérando dégageait la philosophie de cet enseignement dans son *Traité de la bienfaisance publique*, et dans son *Cours normal des instituteurs primaires*[1]. L'éducation intellectuelle a pour but essentiel, selon lui, de former le jugement; cette culture de la raison pour des enfants encore peu capables de réfléchir peut se résumer en maximes : 1° l'étude doit s'offrir sous des formes attrayantes, être animée, variée, sans cesser d'être un effort et devenir une sorte de gymnastique intellectuelle qui peut avoir aussi son charme; 2° l'enseignement élémentaire doit se fonder autant qu'il est possible sur le principe de l'intuition, c'est-à-dire sur la contemplation des choses elles-mêmes, et imiter la marche de la nature; 3° l'enseignement doit exciter la spontanéité de l'intelligence; il ne doit pas réduire à un rôle simplement passif des esprits déjà légers ou indolents; 4° l'enchainement des objets enseignés doit être tel qu'ils s'expliquent facilement les uns par les autres; 5° les enfants doivent être exercés à rendre compte de ce qu'ils ont appris ou observé, à s'exprimer avec clarté et convenance; 6° enfin et surtout rien ne doit etre négligé pour inspirer de bonne heure aux enfants pauvres l'habitude de l'ordre et de l'esprit de prévoyance, deux qualités auxquelles ils devront la raison pratique, l'esprit de conduite et à l'aide desquelles ils apprendront à éviter les périls qui les menacent, à améliorer leur sort dans l'avenir.

Mais de Gérando insiste surtout sur ce qu'il appelle « la culture de la sociabilité » chez les enfants des familles pauvres. Il faut empêcher tout ce qui pourrait provoquer dans l'avenir une tendance à la lutte des classes. « Il importe de ne point laisser s'établir, dès le jeune âge, entre eux et leurs semblables, une ligne de séparation qui les condamnerait à former une caste à part : de toutes les barrières, il n'y en aurait pas de plus funeste ni de plus durable que celle qui reposerait dans les dispositions du caractère[2]. » Et encore : « Toute distinction, fondée sur l'aisance ou sur l'indigence des familles, serait injuste et funeste pour les écoles purement élémentaires. Elle serait injuste, car l'instruction élémentaire n'est pas moins nécessaire aux enfans des familles indigentes qu'aux autres

1. Paris, 1836, 2e édit., in-8°.
2. De Gérando, *op. cit.*, t. II, p. 498.

enfans de toutes les classes laborieuses; la vocation des uns et des autres est au fond la même; le but de l'éducation que reçoivent les premiers est précisément de faire disparaître la limite qui les sépare des seconds, en les rendant capables de se confondre avec eux[1]. »

Jomard, un des membres les plus actifs de la Société d'instruction élémentaire, s'appliquait à suivre le développement de l'œuvre et présentait tous les ans un rapport détaillé sur les progrès de l'enseignement mutuel, non seulement à Paris et en province, mais à l'étranger[2], et se préoccupait surtout de sa répercussion sur la vie sociale. « Je voudrais, écrivait-il dans son rapport de 1818, que dans toutes les écoles, à côté des lectures morales et religieuses, on trouvât la charte mise à la portée de l'enfance, qu'on y lût des extraits du Code civil et du Code pénal, que dès le jeune âge tout citoyen fût pénétré de ses devoirs, et si quelque droit, quelque avantage lui appartient en dédommagement de ses sacrifices, qu'il en eût aussi une pleine connaissance, afin de savoir jusqu'où vont les uns et les autres. Par là, vous préviendrez l'esprit de faction, vous aurez un esprit public, vous attacherez tout Français à la patrie. » La Rochefoucauld-Liancourt fondait un prix de 1,000 francs (5 février 1817) pour l'ouvrage « le plus propre à développer les facultés de la classe inférieure du peuple et à lui inspirer le goût de la vertu », prix attribué à L.-P. de Jussieu pour son *Simon de Nantua*. J.-B. Say, qui faisait partie du même groupement[3], envisageait surtout l'instruction dans ses rapports avec l'économie politique et pensait que toutes les mesures prises seraient un leurre tant que le peuple ne jouirait pas du bien-être, condition primordiale de l'aptitude à l'instruction. Royer-Collard enfin,

1. *Ibid.*, p. 451.

2. *Rapports et mélanges sur l'instruction primaire*, recueil factice in-8° (bibl. de l'Arsenal, C. 5). Voir notamment les rapports de 1815, 16, 17, 19 et 1832. Il avait visité des écoles anglaises, notamment celles de Borough, près King's Bench (Lancaster) et de Baldwin's Garden, près de Gray's Inn (Bell) (*Remarques sur les écoles de Bell et Lancaster, extraites d'un journal de voyage en Angleterre en mars et en avril 1815*, 16 p.).

3. Ses idées à cet égard sont résumées dans un opuscule intitulé, *Olbie ou essai sur les moyens de réformer les mœurs d'une nation*. Paris, Crapelet, an VIII, in-8°, 132 p., publié à la suite de la question suivante mise au concours par l'Institut : quels sont les moyens de fonder la morale chez un peuple ?

président du Conseil de l'Instruction publique jusqu'en 1820, défendait dans ses discours les droits de la raison et du peuple à l'instruction : « C'est la raison, disait-il dans son discours à la distribution des prix du Concours général, en 1818, étendant incessamment son empire, qui relève enfin l'instruction primaire de l'abaissement où elle languissait oubliée. Le zèle qui la propage honorera le temps où nous vivons, plus encore que ne peut le faire l'étonnante perfection de ses méthodes[1]. »

Jusqu'en 1820, les écoles d'enseignement mutuel eurent l'appui du gouvernement. Avec le ministère Villèle, tout changea[2]. A la Chambre des députés, aux séances des 11 et 12 juin 1821[3], Lainé dut défendre à la tribune le crédit de 50,000 francs inscrit au chapitre IV du Budget, sous le titre de : *Encouragements pour l'instruction primaire*, que le rapporteur de la Commission du budget proposait de supprimer; il s'efforça de montrer que la méthode de l'enseignement mutuel n'était pas une méthode de révolution, mais un bienfait de la Providence, et que si le fondateur des Frères l'eût connue, il l'eût adoptée. Il fut combattu par Cornet d'Incourt, Piet, d'Aubière, Pavy, De Lalot, de Marcellus et défendu par Cuvier, Pasquier. Le crédit ne fut voté que sur la promesse du ministre Corbière qu'il serait réparti avec impartialité entre écoles de l'une et l'autre méthode[4].

Mais en 1823, une circulaire recommandait nettement les Frères pour la direction des écoles de charité. « Les bureaux de bienfaisance ne doivent pas borner leurs soins, dit la circulaire Corbière, à la distribution des secours à domicile; ils doivent encore les étendre aux écoles de charité. Les écoles sont une des parties les plus intéressantes de leur administration, car si, par des secours appliqués avec discernement, ils soutiennent

1. Cité par E. Spuller, *Royer-Collard*. Paris, 1895, in-12, p. 106.

2. Arch. nat., F[17] 78108, et A. Rendu, *Essai sur l'instruction primaire*. Paris, 1819, in-8°.

3. *Archives parlementaires*, 2e série, t. XXXII, p. 108, et abbé Dubois-Bergeron, *la Vérité sur l'enseignement mutuel*. Paris, 1821, in-8°. Plaidoyer en faveur des Frères, dédié « aux amis du trône, de l'autel, des mœurs et de l'enfance ».

4. Le crédit inscrit au budget de l'État pour encourager l'instruction primaire fut porté à 100,000 francs en 1829, 300,000 en 1830, 700,000 en 1831, 1,000,000 en 1832, 1,500,000 en 1833 (Ch. Jourdain, *le Budget de l'Instruction publique depuis la fondation de l'Université impériale jusqu'à nos jours*. Paris, 1857, in-8°, p. 178).

la vieillesse sans ressources, d'un autre côté, par une éducation morale et religieuse, ils disposent les enfants à se garantir un jour du fléau de la misère, en leur inculquant l'amour du travail, l'esprit d'ordre, d'économie et de prévoyance. Pour atteindre ce but, les bureaux de bienfaisance ne doivent pas perdre de vue que dans le choix des maitres ils devront donner la préférence à ceux qui, par leurs lumières, leur piété et leur zèle peuvent faire espérer l'instruction religieuse la plus convenable et la plus solide, ne pas perdre de vue que les Frères de la doctrine chrétienne et les Sœurs de charité offrent sous ce rapport des avantages qu'il est rare de trouver dans les autres individus[1]. »

L'engouement qui s'était produit en faveur de l'enseignement mutuel avait hypnotisé bien des esprits. « Le mouvement fut général et fut sublime, écrivait en 1832 un contemporain, l'inspecteur général de l'Université Matter[2]. Paris jamais ne mérita mieux de l'Europe; ce que l'on fit alors en France pour l'instruction du peuple, les dons qu'on offrit, les livres que l'on publia, les cours d'enseignement normal qu'on établit surpassèrent tout ce qu'on avait jamais fait ailleurs pour les écoles populaires. Je doute qu'il existe dans les annales des peuples rien de comparable à la circulaire du ministre de la Guerre en date du 21 octobre 1818 qui ordonna que de toutes les divisions militaires et de tous les corps de la garde il fût envoyé un officier et un sous-officier pour suivre un cours normal d'enseignement mutuel[3]. »

La vogue de l'enseignement mutuel ne devait cependant pas durer. Déjà une nouvelle méthode, celle de l'enseignement

1. Il est assez curieux de relever cette objection faite par le vicomte de Bonald à l'enseignement mutuel dans le *Conservateur*, 22e livr., t. II, p. 498 : « L'enseignement mutuel constituant quelques enfants comme autorités positives au-dessus des autres, fait déjà germer dans ces jeunes cœurs l'orgueil de la domination et, ce qui est pire peut-être, le sentiment de l'humiliation. Il ôte aux uns cette modestie qui est la plus belle parure de la faiblesse de cet âge et aux autres une certaine confiance qui est l'heureux apanage de sa simplicité ». Voir réponse de l'abbé Derode dans une brochure, *l'Enseignement mutuel aura-t-il tort?* Paris, 1822, in-12, 33 p.

2. *L'Instituteur primaire*. Paris, 1832, in-8°, p. 85. Il est également l'auteur d'un livre intitulé *le Visiteur des écoles*. Paris, 1838, in-8°.

3. Le Conseil général des prisons avait également créé une commission

universel de Jacotot, sollicitait la faveur publique. Au retour de la mission dont il avait été chargé en Allemagne, dans son rapport sur l'instruction primaire à Londres, E. Rendu[1] pouvait écrire : « Au point de vue de l'instruction, l'expérience, on le reconnait partout, ne permet plus de s'aveugler sur les résultats. L'Allemagne n'a jamais voulu donner pied, sur le terrain pédagogique, à l'enseignement mutuel. Cet enseignement n'est à ses yeux qu'un expédient pour se passer de maitres, et tout simplement l'enfance de l'art. L'Angleterre elle-même a profondément modifié le système primitif par l'introduction des « pupil teachers » ; mais comme moyen de discipline morale, le mode mutuel, en Angleterre, a conservé toute sa valeur. De même que le senior dans les établissements d'instruction secondaire, le moniteur, avec des différences réelles sans doute, représente, dans les écoles primaires, la juridiction du pair sur le pair, l'autorité d'une loi convenue, acceptée ; et l'ensemble des exercices auxquels préside ce chef constitutionnel n'est autre chose que l'apprentissage du commandement par l'obéissance. » Ce sentiment de l'apprentissage de la vie par la discipline était d'ailleurs tout naturel dans un pays[2] dont la pédagogie s'inspirait du conseil de Locke : « Plus tôt vous traiterez l'enfant en homme, plus tôt il commencera de l'être. »

La préparation de la loi de 1833 et la suppression des écoles de charité.

Le gouvernement de juillet avait promis une nouvelle organisation de l'instruction primaire. Elle ne se fit pas attendre.

Dès 1830, Jomard, chef du bureau de l'instruction primaire à la préfecture de la Seine, préparait un projet de loi en vingt

---

chargée de s'occuper de l'instruction primaire (cf. rapport de de Laborde du 8 juin 1819).

1. E. Rendu, *De l'instruction primaire à Londres, dans ses rapports avec l'état social.* Paris, 1853, 2e édit., in-8°. Introduction, p. XIV.

2. C'est l'époque où se fondent à Londres les écoles de haillons, ragged schools, soutenues par la ragged school Union, créée en 1844 pour l'éducation des enfants pauvres. (E. Rendu, *op. cit.*, p. 55.) Le premier essai d'organisation gouvernemental en Angleterre de l'instruction primaire date de la fondation en 1839 du Committee of Council on Education.

articles sur l'enseignement primaire et « l'intervention protectrice de l'autorité municipale ». En fait, écrivait-il[1] dans son exposé des motifs, « l'Université n'a point sérieusement propagé l'enseignement primaire. En droit, elle n'a aucune autorité réelle à exercer en cette matière en vertu d'une disposition légale spéciale et explicite (seule la loi du 10 mars 1806 porte à l'article 1 que l'Université est exclusivement chargée de l'éducation et de l'instruction publique, mais l'instruction primaire est-elle comprise dans ces mots ?) De simples ordonnances l'ont investie de la surveillance des écoles primaires existantes. Les Frères des Écoles chrétiennes profitèrent de cette stagnation fatale et s'introduisirent comme furtivement. Les relations du gouvernement avec la cour de Rome, trop fréquentes alors malheureusement, nous valurent cette médiocre acquisition. Il n'en eût pas coûté davantage, il en eût coûté beaucoup moins pour restaurer l'établissement de Pawlet, ou emprunter à l'Angleterre les moyens alors en vigueur et déjà florissans, pour en appeler au zèle des citoyens, à l'intérêt bien entendu des communes. Les petites écoles pies, les seules de cette espèce qui prospèrent à Rome[2], furent pour ainsi dire un modèle que l'on se proposa en multipliant les écoles de la doctrine chrétienne ». Continuant son exposé, Jomard montre les mauvais effets de l'ordonnance de Vaublanc du 29 février 1816, la contradiction des diverses ordonnances universitaires des 2 août 1820, 8 avril 1824, 21 août 1828, 14 février 1830, toutes empreintes cependant du même esprit : le droit de protection réduit à l'exercice d'une prérogative inquisitoriale contre la commune, les généreux fondateurs, les maîtres et les sociétés philanthropiques. La double tendance qui se dessine en effet est la suivante : reconnaissance des droits des municipalités, échec à l'influence des Frères des Écoles chrétiennes. Jomard, personnage officiel, est bien placé pour refléter ce mouvement d'opinion. « Si l'on avait exécuté, écrit-il encore, les lois du royaume et de la république, les administrations hospitalières n'auraient pas été obligées d'avoir recours aux Frères et de leur abandonner des intérêts sacrés. »

1. *Rapports et mélanges* (bibl. de Versailles, AC. 5, in-8°). Exposé des motifs du projet de loi précédé de réflexions sur la législation et les ordonnances concernant l'instruction primaire, p. 6.

2. Sur ces écoles, voir Ed. de Bazelaire, *Des institutions de bienfaisance publique et d'instruction primaire à Rome*. Paris, 1841, in-8°.

Les efforts de l'administration municipale sont secondés en ce sens par les membres des comités d'arrondissements, créés par l'arrêté préfectoral du 17 septembre 1830[1].

Ainsi, à sa séance du 26 novembre 1832, le Comité d'instruction primaire du IXe arrondissement prend une délibération portant « qu'il serait à désirer que toutes les écoles gratuites de l'arrondissement fussent entretenues exclusivement par la ville de Paris, qui serait seule chargée de subvenir à leur entretien, et pour lesquelles l'autorité municipale proposerait un mode uniforme d'admission et d'organisation ». Et comme le ministre avait demandé de préciser le sens et la portée de ce vœu, le maire, Pocquet, dans une lettre du 14 février 1833, répond que « l'objet de cette délibération est de faire rentrer sous le régime commun les écoles des Frères de la doctrine chrétienne qui, jusqu'à présent, n'ont reconnu que l'autorité de leur supérieur et non d'affranchir les enfants appartenant aux familles aisées du paiement d'une rétribution modérée pour les bienfaits de l'instruction »[2].

Au VIIIe arrondissement, le comité cantonal fait preuve de la même hostilité envers les Frères en donnant, le 23 janvier 1833, un avis défavorable à leur demande d'ouverture d'une succursale à leur école de la rue Saint-Bernard[3]; le ministère d'ailleurs passe outre et accorde la permission demandée. Mais cet état d'esprit est néanmoins significatif. Les termes de la délibération du comité du VIIIe arrondissement ne le sont pas moins : « L'État, donnant gratuitement l'instruction primaire, y est-il dit, a le droit d'indiquer à ceux qui la reçoivent le lieu où ils iront la chercher et de prescrire à cet égard les mesures que l'intérêt des enfants, l'intérêt des familles et l'ordre public exigent. » C'est une déclaration très nette en faveur du monopole[4].

Guizot lui-même, le promoteur de la loi qui allait « munici-

1. Leur titre était : *Commission de surveillance et d'amélioration des écoles*. Les membres devaient en effet « inspecter les établissements d'instruction élémentaire, gratuits ou non gratuits, les asiles, les écoles d'enfants et les écoles d'adultes et proposer les mesures propres à porter dans ces établissements toutes les améliorations désirables ».

2. Arch. nat., F[17] 1783.

3. Arch. nat., F[17] 1783.

4. Voir aussi Arch. de la Seine, procès-verbaux du Comité du Xe arrondissement du 28 septembre 1830 au 10 juillet 1833.

paliser » les écoles de charité, écrivait, dès 1816[1] : « L'influence [du gouvernement] peut seule aujourd'hui prévenir l'établissement d'écoles ennemies et empêcher que les enfans ne se divisent comme se sont divisés les pères. Si ce n'est que dans le sein et sous l'empire de la royauté constitutionnelle que peuvent se fondre ou s'abîmer les partis qui nous agitent encore, ce n'est également que dans les écoles publiques, instituées et dirigées par cette impartiale puissance, que la jeunesse élevée en commun peut croître étrangère aux causes de nos discordes. »

Aussi la loi du 28 juin 1833 ne doit-elle pas être considérée, ainsi que l'ont fait quelques historiens[2], comme un succès particulier pour l'Église. Ce qu'avait voulu Guizot, il nous l'a dit dans ses Mémoires, c'est unir dans une collaboration féconde l'État et l'Église : « C'était sur l'action prépondérante et unie de l'État et de l'Église que je comptais pour fonder l'instruction primaire. » Assurément, il mécontenta ceux qui voulaient faire de la loi une machine de guerre contre le clergé, et ils étaient nombreux. « Le fait dominant, avoue-t-il, que je rencontrai dans la Chambre des députés comme dans le pays fut précisément un sentiment de méfiance et presque d'hostilité contre l'Église et contre l'État; ce qu'on redoutait surtout dans les écoles, c'était l'influence des prêtres et du pouvoir central, ce qu'on avait à cœur de protéger d'avance et par la loi, c'était l'action des autorités municipales et l'indépendance des instituteurs envers le clergé. » Mais Guizot voyait plus loin que l'opinion du jour; suivant le vœu des réformateurs du XVIIIe siècle, ce qu'il voulait, c'était une éducation nationale, et, pour l'organiser, il eut besoin alors de certains concours, mais sans favoriser aucun parti. On le vit bien dans l'hostilité avouée ou dissimulée des administrateurs des bureaux de bienfaisance dépossédés de leur mission.

En 1835, dans leur rapport présenté au préfet de la Seine, ils écrivaient[3] : « Quelque hommage que nous rendions au zèle et aux lumières des comités locaux, à l'inspection desquels les

1. *Essai sur l'histoire et sur l'état actuel de l'instruction primaire en France*. Paris, 1816, in-8°, p. 133-4.

2. A. Debidour, *Histoire des rapports de l'Église et de l'État en France de 1789 à 1870*. Paris, 1898, in-8°, p. 435.

3. Paris, 1835, in-4°, p. 17 (Bibl. de l'Assistance publique, F° 59).

écoles publiques municipales ont été confiées, il faut reconnaître qu'ils n'ont pas actuellement entre les mains les mêmes moyens d'action et d'influence que les Bureaux [de bienfaisance], car ceux-ci ont l'immense avantage de réunir à la surveillance et à l'influence morale, que les uns et les autres exercent, des pouvoirs et des ressources matérielles qui manquent aux comités. Ils peuvent, sans intermédiaire, sans autorisation préalable, ordonner et faire exécuter toutes les améliorations qui leur paraissent nécessaires, instituer des prix, donner des encouragemens, des secours. Ils administrent enfin complètement lorsque les Comités ne font que surveiller et proposer. » Ils insistaient enfin sur les heureux résultats de la concurrence qui s'était établie entre les deux ordres d'écoles et d'enseignements, entre les laïcs et les frères et sur les inconvénients qui pourraient résulter d'une direction unique : « Sans doute l'administration municipale, en se chargeant seule de la direction des écoles, pourra entretenir quelque temps encore cette fructueuse rivalité; mais qui ne sent que la tendance inévitable d'une administration unique est de tout ramener à un type uniforme et qu'il survient toujours quelque circonstance imprévue qui l'y entraîne contre sa primitive intention? »

C'est la lutte contre le monopole qui se dessine. « Les membres des bureaux, dit à son tour M. Vée, maire du Ve arrondissement, dans un rapport fait à la *Société des établissements charitables*, où il résume les comptes moraux des bureaux de bienfaisance pour l'année 1833[1], ne négligeaient rien pour la prospérité de leurs écoles; ils trouvaient, dans la vue des générations studieuses et pleines d'avenir qu'ils y recevaient, un dédommagement au spectacle désolant des besoins, des douleurs et des vices des générations qui s'éteignent continuellement sous leurs yeux dans une misère qu'ils sont dans l'impuissance de soulager complètement; aussi employaient-ils tous les moyens qui étaient en leur pouvoir, afin d'exciter les ménages pauvres à envoyer leurs jeunes enfants aux écoles et, lorsqu'ils y étaient, pour les engager à persévérer et exciter leur émulation et leur zèle. » Il ajoutait toutefois que, si les rapports des bureaux étaient unanimes à rendre une éclatante justice aux frères directeurs des écoles de garçons[2], l'enseignement

1. *Rapport...*, p. 89 (Bibl. de l'Assistance publique, F² 8).
2. « Nous attribuons les progrès des élèves aux perfectionnements et

dans les écoles de filles était, par rapport à ces dernières, dans un état de faiblesse et d'infériorité, « soit qu'il faille en attribuer la cause aux dispositions naturelles du sexe, qui le portent moins volontiers vers l'étude que vers certains travaux que la nature semble lui avoir dévolus, soit que le stimulant d'une utile concurrence ait manqué ici ou n'ait pas été suffisamment senti ».

Jusqu'à présent, écrivait encore, en 1835, Fouret, rapporteur du IVe arrondissement, « on avait pu croire que les fondations de la charité resteraient pour toujours dans le domaine de la charité, que c'étaient des plants qui exigeaient leur terre natale; jusqu'à présent, l'instruction morale et religieuse avait prospéré sous la direction paternelle et sous la surveillance active des bureaux de bienfaisance : quelle raison a donc pu paraître assez forte pour priver ainsi ces établissements d'une de leurs plus honorables attributions? Un grand homme de l'antiquité avait compris les sciences comme une puissance sur le monde, comme une force divine qui devait produire les choses les plus étonnantes; l'instruction générale pourra devenir cette puissance sur les masses, cette force divine, mais nous, membres d'un bureau de bienfaisance, nous soutenons qu'elle ne rendra les peuples plus heureux, qu'elle ne détruira le germe sans cesse renaissant des révolutions qu'autant qu'on l'appliquera à instruire avant tout les jeunes gens de leurs devoirs envers Dieu, envers leurs semblables, envers la société tout entière[1]. »

---

améliorations introduits par les Frères dans leur méthode d'enseignement » (M. Battelle, *Rapport du Ve arrondissement*, 1832, p. 29). — « Les écoles des Frères se sont infiniment améliorées : ce résultat est dû à l'heureuse rivalité qui existe avec les écoles d'enseignement mutuel » (M. Pichard, *Rapport du VIIe arrondissement*, 1834, p. 23). — « Le 8e bureau se félicite du progrès des enfants confiés aux soins des Frères » (M. Petit-Yvelin, *Rapport*, 1833, p. 33). — « La cause du succès des écoles est dans le perfectionnement et l'amélioration introduits par les Frères dans leur méthode d'enseignement et surtout dans la surveillance éclairée des administrateurs du bureau » (M. Demonts, *Rapport du Xe arrondissement*, 1832, p. 6) (Bibl. de l'Assistance publique, F² 17, 18).

1. « Ce n'est pas seulement la connaissance plus ou moins étendue des moyens offerts à l'intelligence de l'homme pour étendre et développer ses spéculations qui en feront jamais un citoyen utile, écrit encore le rapporteur du bureau du XIIe arrondissement, c'est la pensée religieuse qui seule est appelée à faire comprendre à l'homme que le bonheur n'est

Reprenant l'idée de la Constitution de 1791, la loi de 1833 portait à son titre Ier : « Il sera créé et organisé une instruction publique commune à tous les citoyens, gratuite à l'égard des parties d'enseignement indispensables pour tous les hommes » ; par son article 14, elle accordait la gratuité[1] dans les écoles élémentaires, mais en la restreignant « aux enfants désignés par les Conseils municipaux comme hors d'état de payer ». Elle rompait avec l'uniformité jusqu'alors établie dans les écoles : « Selon les besoins et les ressources des localités, disait l'article premier, cette instruction (élémentaire ou supérieure) pourra recevoir les développements qui seront jugés convenables. » Mais elle n'avait pas osé comprendre dans son programme d'instruction élémentaire ces notions « sur les droits et les devoirs sociaux et politiques » que la commission, chargée d'examiner les projets soumis aux Chambres le 24 octobre 1831[2], avait essayé d'y introduire, sous l'influence de Daunou en particulier, et que de Salverte tenta en vain de faire incorporer dans le projet de loi gouvernemental[3]. Encore

pas dans une tendance insatiable et aveugle à l'usurpation des positions les plus élevées et que la pratique de la vertu, source de la paix de l'âme et de la sécurité des familles, manifeste ses effets réparateurs dans toutes les positions où il a plu à la providence de le placer (*Rapport de 1835*).

1. Arch. nat., F17 1785, voir une plainte des chefs d'externat des douze arrondissements de Paris contre la gratuité des écoles et la facilité avec laquelle « les citoyens de toute fortune » font admettre leurs enfants aux écoles gratuites (23 août 1833).

2. Ce projet était le second. Un premier projet avait été présenté le 20 janvier 1831, où le ministre disait dans l'exposé des motifs : « Loin de vouloir éteindre les facultés de la classe pauvre, le gouvernement sera fier de relever la dignité humaine dans tous ceux dont il doit régler les destinées et il croira que le peuple le plus éclairé sur ses droits saura le mieux connaître ses devoirs et les remplir. »

3. L'amendement Salverte fut combattu par M. de Podenas, par le rapporteur et par le ministre, qui allégua comme obstacle à cet enseignement la difficulté de le donner à des enfants de six à dix ans et de le pratiquer dans l'universalité des communes. Les différents projets qui précédèrent le dépôt du projet du gouvernement, projet Barthe, 20 janvier 1831, projet Las Cases, 24 octobre 1831, projet Salverte, 17 novembre 1832, ont été étudiés par E. Brouard, *Essai d'histoire critique de l'enseignement primaire en France de 1789 jusqu'à nos jours*. Paris, 1901, in-8°, chap. I et II. Voir aussi les rapports présentés par V. Cousin à la Chambre des pairs, les 21 mai et 22 juin 1833, reproduits, avec le texte de la loi, dans son ouvrage sur l'*Instruction primaire en France sous le gouvernement de Juillet*. Paris, 1850, 3 vol. in-12.

moins devait-elle admettre « ces notions élémentaires de droit public et de droit administratif » que Boulay de la Meurthe aurait voulu y voir figurer[1]. C'était assurément une loi incomplète et dans un certain sens timorée. Mais elle marque un point de départ et un souci très exact des besoins du moment. Les circulaires relatives à son application, les ouvrages composés pour les écoles, les rapports faits par le ministre sur ses résultats impliquent un effort et une volonté qui ne furent ni sans mérite ni sans fruit. « Toute la force du système de l'instruction primaire, écrivait J. Lechevalier dans son *Examen du rapport adressé au roi en 1834 par le ministre de l'Instruction publique*[2], dépend des instituteurs..., c'est l'esprit de corps qui peu à peu les élévera à toute la dignité de leur mission..., *un sacerdoce civil.* »

La loi fut appliquée à Paris assez tardivement. Le comité central d'instruction primaire, prévu par l'article 18, ne fut créé par le préfet qu'en 1835, et ce n'est qu'en 1837 que la ville de Paris se mit en mesure de recueillir l'héritage que lui conféraient les articles 3 et 4 de la loi; elle ne devint locataire des immeubles à usage d'école qu'à partir du 1er janvier 1838, moyennant une somme globale annuelle de 89,725 francs versée à l'administration des hospices[3].

---

1. *De l'instruction civique et de l'enseignement industriel.* Paris, décembre 1836, 1 broch. in-8°.

2. Extrait de la *Revue du Progrès social*, juin 1834 (Bibl. nat., Lf²⁴¹ 15).

3. Les legs et donations qui firent retour au receveur municipal s'élevaient à 5,953 francs de rentes sur l'État et 493 francs sur les particuliers (A. Bonde, *le Domaine des Hospices au XIXe siècle.* Paris, 1906, in-8°, p. 162).

CONCLUSION.

De cet exposé se dégagent, sinon des idées pédagogiques imprévues, du moins des faits sociaux importants. De cette masse informe qu'est le peuple, on ne connaît encore que des aperçus incomplets. On a bien étudié les institutions d'assistance ou d'instruction pour elles-mêmes, mais quand il s'agit de les appliquer aux collectivités auxquelles elles s'adressent, le terrain souvent se dérobe. Nous avons essayé de replacer les écoles de charité dans leur milieu, le peuple parisien, et parmi le peuple, la classe la plus pauvre et la plus déshéritée; nous en avons envisagé le double caractère. A la fois œuvre d'assistance et œuvre d'instruction, elles sont avant tout une œuvre sociale. Qu'il s'agisse de secourir ou d'instruire le peuple, le but qu'on se propose est de le maintenir dans les limites de son horizon, de lui donner la notion de ses devoirs vis-à-vis des autres classes de la nation; c'est une mesure de sécurité nationale contre la révolte toujours naissante chez les esprits incultes.

Sous l'ancien régime ou sous la Restauration, qu'il s'agisse de charité ou de bienfaisance, les directeurs du mouvement ont toujours en vue la moralisation du peuple et, par sa moralisation, son obéissance et son respect du pouvoir établi. Les écoles de charité de ce point de vue achèvent d'acquérir leur valeur propre. C'est le bien du peuple assurément que l'on désire. Mais on travaille avant tout pour le bien de l'État. Pour faire de la bonne politique, il faut un peuple discipliné, et pour avoir un peuple discipliné, il faut un peuple moralisé. L'école ainsi envisagée dans ses fins dernières ne doit pas séparer l'instruction de la morale, la première n'étant que le moyen, la seconde le but.

Dans un sens plus haut, Guizot, retrouvant par delà la Révolution les idées de Turgot, s'élève à la notion de l'unité nationale, qui deviendra la grande préoccupation des temps modernes : « L'action pédagogique, écrit M. Durckheim, doit s'exercer dans un sens social..., sans quoi la grande âme de la patrie se résoudrait en une multitude incohérente de petites âmes fragmentaires en conflit les unes avec les autres... Il faut que l'éducation assure entre les citoyens une suffisante communauté d'idées et de sentiments sans laquelle toute société est impossible[1]. »

Cette étude aboutit ainsi à des problèmes toujours actuels dans les batailles qui se livrent autour de l'école primaire. La division du travail a séparé l'assistance de l'enseignement. Faut-il maintenant séparer l'enseignement de la morale? Y a-t-il là deux ordres d'idées distincts ou bien doit-on maintenir à l'école sa double fin? L'instruction a-t-elle en elle-même un pouvoir moralisateur suffisant? Faut-il, au lieu de séparer le pauvre et le riche, unir au début de la vie tous les enfants du pays, comme le souhaitait Michelet, « dans une école vraiment commune, où les enfants de toute classe viendraient un an, deux ans s'asseoir ensemble, avant l'éducation spéciale, et où l'on apprendrait rien autre que la France »[2]. Autant de questions qu'il ne nous appartient point de discuter ici, mais qui sont virtuellement posées par cette étude.

Quant à son intérêt pour l'histoire de la collectivité parisienne et pour l'histoire de l'instruction publique elle-même, nous croyons l'avoir assez montré chemin faisant pour qu'il soit inutile d'y insister à nouveau. Ce qu'il importait avant tout d'établir, c'était l'origine lointaine de la gratuité de l'enseignement et de doctrines que certains esprits croient dater d'hier. Le mouvement du XIXe siècle en faveur de l'instruction populaire n'est pas né de la volonté d'un législateur habile ou prévoyant. Il avait déjà dans la société de l'ancien régime des assises fortes et durables. Les lois peuvent être créatrices des mœurs, mais le plus souvent elles ne font que suivre les idées vives de la nation. C'est à l'histoire qu'il appartient de rechercher et de retrouver à travers les faits la filiation et l'aboutissement de ces idées.

1. Art. *Éducation*, du *Dict. de pédagogie*, de Buisson.
2. Michelet, *le Peuple*. Paris, 1846, in-12, p. 352.

TABLE DES MATIÈRES

Nogent-le-Rotrou, imprimerie DAUPELEY-GOUVERNEUR.

www.ingramcontent.com/pod-product-compliance
Ingram Content Group UK Ltd.
Pitfield, Milton Keynes, MK11 3LW, UK
UKHW031906260826
14628UKWH00003B/1015